假面的告白

[日] 三岛由纪夫 著
陈修齐 译

中国出版集团 现代出版社

美——美这玩意儿多么骇人可怖！它不按常理出牌，所以才可怕。你问为什么？因为上帝总喜欢给人出谜题。在美之中，事物不再泾渭分明，所有矛盾融为一体。我这人没受过什么教育，但对这事想得很明白。实在是神秘莫测呀！世上有许许多多的谜团使人痛苦。解开它们，你就能干干净净地脱身。啊！美呀！我最不能容忍的是，那些具备美好心灵和出色理性的杰出之人，往往怀着圣洁的理想出发，却最终以肉欲收场。不，还有比这更可怕的。那些心怀肉欲的人，并不否定圣洁的理想，同时就像在纯真的少年时代那样，能从心底燃起对美好理想的憧憬。人心实在是广阔，甚至过于广阔。如果可能的话，我真想把它收缩一点。啊！可恶！完全搞不明白。真的！理性看作侮辱的事物，感性却认为是绝对的美。肉欲之中，究竟存不存在美呢？……

……但人这玩意儿，说到底，只愿意诉说自己的痛苦。

——陀思妥耶夫斯基《卡拉马佐夫兄弟》

第三卷第三章　热烈的心之忏悔——诗

第一章

很长一段时间，我都坚称见过自己出生时的光景。每次这么说时，大人们都笑。最后，他们会怀疑自己遭到了愚弄，用一种略带憎恨的目光注视着我这张苍白的、不像孩子的孩子的脸。当我偶然在交情不深的客人面前说出这话时，祖母总担心我被人当作白痴，厉声打断我，让我上别处玩去。

取笑我的大人，常试图用某种科学的理论将我说服。他们说，那时婴儿的眼睛还没睁开啦，就算睁开了，也不会在脑子里留下清晰的观念，等等。为了让我这个小孩充分理解，他们通常会热心而又详细地说个不停，那种热情多多少少像在演戏。“对吧，我说得没错吧。”当他们摇晃着依旧疑虑重重的我瘦小的肩膀时，又好像觉得差点上了我的当——不能因为他是个小孩就放松警惕。这家伙一定给我设好了圈套，想从我嘴里套出“那件事”。但若是如此，他为什么不更像个小孩那样天真地提问呢？为什么不问“我是从哪里生下来的？”“我为什么要生下来呢？”——最终，他们会重归沉默，用一种似笑非笑的表情盯着我看，像被某种不知名的东西狠狠伤害过一般。

然而，那是他们多虑了。关于“那件事”，我并不想问什么。即使想问，极度害怕伤害大人心灵的我，又怎会想出给人设陷阱的计谋？

无论大人如何说服，如何嘲笑，我都对看过自己出生场景的体验坚信不疑。那段记忆或许是当时在场的某人告诉我的，又或许源自我任性的幻想，总归是二者之一。但只有一个画面我坚信是目睹过的，就是给初生婴儿洗澡的澡盆边沿。那是个刚做好不久、木头纹理清爽的澡盆，从里侧往外看，盆沿的地方闪着微弱的亮光。只有那一处的木纹令人目眩，仿佛黄金制成。洗澡水晃晃悠悠，水波的舌头刚要舔上盆沿又立刻退却，总也抵达不了。然而那盆沿下方的水，不知是因为反射，还是因为有光线照射，竟泛出柔和美丽的亮光。闪着光的小水波不停相互碰撞。

对这段记忆最有力的反驳，是我并非出生在白天。我出生在夜晚九点，不可能有阳光照射进来。那么，是电灯的亮光吗？尽管被人嘲笑，我依然认为即使在夜晚，只有澡盆那一处地方必然是被阳光照射着的。我没做什么挣扎，就这样一脚踏入了违背常理的死胡同。那微光闪烁的澡盆边沿，则作为我见过自己婴儿时期洗澡景象的证明，多次摇曳在记忆中。

我出生于震灾[①] 后的第三年。

十年前，祖父在殖民地为官时发生了一桩贪污案，祖父因代部下受过而被免职（并非我在玩弄美词丽句，似祖父那般对人无条件信任的愚痴之人，我半生里还未见过能与之一较高下的）。从那以后，我家就像哼着小曲一样，轻轻巧巧地从坡顶向下滑落。巨额的外债、抵押、房产的变卖，以及随着贫穷的加深如暗潮般愈演愈烈的病态虚荣。——就在这时，我出生在了一栋破旧的出租屋，位于风气不太好的城镇一角。那房子有着虚张声势的铁门、前院、与城郊礼拜堂一般大小的宽敞的西式房间。从坡顶看是两层楼，从坡底看又变成三层。宅子的氛围阴暗晦涩，外观却错综复杂，因而有股威严感。里面有许多昏暗的房间。祖父、祖母、父亲、母亲、六名女佣，总共十口人生活在这栋像旧衣橱一样嘎吱作响的老宅里。

祖父的事业欲、祖母的病与浪费癖是全家烦恼的根源。祖父被一群溜须拍马之人拿来的地图哄骗，竟发起了黄金梦，不时去远方游历。出身旧时名门的祖母憎恨并蔑视着祖父。她狷介不屈，拥有某种狂傲的诗一般的灵魂。长年罹患的脑神经痛，绕着圈子，切切实实地侵蚀着她的神经，同时又为她的理

---

① 指发生于 1923 年的关东大地震。

智增添了无用的明晰。谁又知道，她这种持续到死的狂躁的发作，正是祖父壮年时期所犯罪孽的遗赠呢？

父亲在这个家，迎娶了纤弱美丽的新娘，我的母亲。

大正十四年一月十四日清晨，阵痛向母亲袭来。夜晚九点，一个五斤左右的小婴儿呱呱坠地。出生后第七天夜晚，我被穿上法兰绒的和服衬衣、奶油色的纺绸内衣、飞白花纹绉绸和服。祖父当着全家的面，在奉书纸[1]上写了我的名字，将名字放在三宝[2]之上，供奉在壁龛处。

我的头发一直是金黄色的，坚持擦橄榄油才终于变黑。父母住在二楼。在我出生后的第四十九天，祖母以在二楼养育婴儿很危险为借口，把我从母亲手中夺走。祖母的病房终日紧闭，充斥着一股疾病与衰老混合而成的呛人气味。我睡在与那张病床并排的小床上，就这样慢慢长大。

出生后不到一年，我从楼梯的第三个台阶跌下来，碰伤了额头。那天，祖母去看戏。母亲和父亲的堂姐妹得了空在一处玩闹。母亲突然上二楼取东西，我追着母亲而去，却被和服长长的下摆绊倒，摔下楼来。

有人给歌舞伎剧院打去电话。祖母回来后站在玄关，用右手的拐杖支撑着身体，一动不动地注视着前来迎接她的父亲。

---

① 高级的白纸，通常用桑科植物的纤维制成。

② 供奉神佛的木制供台。

她终于开口，口吻冷静得古怪，每一个字都像刻出来的一般。

“他死了吗？”

“没有。”

祖母迈着巫女一般坚定的步伐，走进了家门……

五岁那年元旦的早晨，我吐出红褐色咖啡状的东西。主治医生来后说“治不活了”。我被注射了樟脑液与葡萄糖针剂。整整两个小时，手腕与上臂处都摸不到脉搏。众人就这样看着我的尸体。

白寿衣和我喜欢的玩具已经备好，全家人聚了过来。过了大约一小时，我拉出一泡尿。母亲的哥哥是位博士，这位博士舅父喊道：“这下有救了。”据说这是心脏开始工作的证据。不久我又拉出一泡尿，脸颊上渐渐恢复朦胧的生命亮色。

这个病——自家中毒[①]——已成为我的痼疾。每月必或轻或重地探访我一次。不知出现了多少次危机。后来，我的意识也开始凭借逐渐逼近的疾病的跫音，判断这次到底是接近死亡，还是远离死亡。

最初的记忆，那些奇妙却切实的画面令我苦恼的记忆，就此开始了。

① 周期性呕吐症。症状为突然感到筋疲力尽，接连数日反复呕吐，多发于2—10岁孩童。

拉着我的手向前走的，是母亲、护士、女佣，抑或是婶婶，我已记不清了。季节也记得不分明。午后的阳光无精打采地照在长坡两侧的房屋上。我被那个不知是谁的女人牵着，登上斜坡，朝家走去。有一个人从坡上迎面走下，女人用力把我拽到一旁，让开道路，停下不走。

那个画面，在我的脑中不知复习、强化、聚焦了多少遍，每一遍必然都会添加一层新含义。为何这么说？因为在周围模糊不清的背景中，唯有那个“从坡上下来的人”的身影，清晰得不合理。这也并不奇怪，这虽是困扰且恐吓了我半生的画面，却也是最初的、值得纪念的画面。

坡上下来的是一个年轻人。他一前一后担着两只肥大的木桶，头上缠着污浊不堪的布手巾，脸颊红润美丽，双眼炯炯有神。他迈着铿锵有力的脚步，从坡上走下。那是个挑粪工人——汲取粪尿的人，穿着胶皮底布鞋和藏青色的细筒裤。五岁的我用异样的目光注视着他。那时虽未必有这样的含义，但我听到了某种力量最初的启示、某种低沉又不可思议的呼唤声。挑粪工的身姿最初展现的东西颇具隐喻性。为何这么说？因粪尿是大地的象征。呼唤我的，必然是万物之母包含恶意的爱。

我预感，世上存在某种刺痛人心的欲望。仰望着那名脏兮兮的年轻人，“想成为他”的欲念与“想是他”的欲念将我紧紧束缚。我能清晰地想起，那欲念中包含两个重点。一个是他藏青色的细筒裤，另一个是他的职业。藏青色的细筒裤勾勒出他下半身的轮廓。它灵活地移动着，向我走来。我对那细筒裤产生了难以名状的倾慕之情，连我自己都不清楚为什么。

他的职业——那时，“想成为挑粪工人”的憧憬在我心头泛起，那憧憬的构造与其他孩子在懂事后立刻想成为陆军大将如出一辙。要说憧憬的原因只是那条藏青色的细筒裤，却又绝非如此。这一主题，在我体内逐渐强大，逐渐成长，展现出奇特的变化。

换句话说，我对他的职业产生了类似憧憬的感情，那憧憬针对某种尖锐的悲哀，一种粉身碎骨的悲哀。我从他的职业中，感到了极具感受意味的“悲剧性的东西”。某种“铤而走险”的感觉、“不计后果”的感觉、亲近危险的感觉、虚无与活力惊人地混合在一起的感觉从他的职业中充溢出来，朝五岁的我步步逼近，将我俘虏。挑粪工的职业或许是我的误解。我从别人那儿听来的也许是某种另外的职业，只因他的装扮使我误认为挑粪工，我便硬是认定他是做这个职业的。否则无法解释。

为什么这样说呢？因为与这种情绪相同的主题，不久转移到了彩电车[①]司机和地铁检票员身上。从他们身上，我强烈地

---

① 在庆祝活动或节日等游行时用假花装饰的电车。

感受到了一种我不知道的，同时也将我永远排除在外的“悲剧性的生活”。尤其是地铁检票员，当时，飘荡在地铁站内既似橡胶又似薄荷的气味，配合着他蓝色制服胸前那排金色纽扣，轻而易举地使我联想起“悲剧性的东西”。不知为何，在那样一种气味中生活的人，会让我不由自主地联想到“悲剧性”。在某个令我的官能追逐不休却又被我排斥的地方，发生着与我无关的生活和事件，那些人与那些生活和事件，就是我对“悲剧性的东西”的定义。我被那个地方永远拒绝的悲哀，总是被转化或幻想成他们及他们的生活。我好像在努力地通过自己的悲哀，参与到他们的生活中去。

如此说来，我感受到的“悲剧性的东西”，或许只是过早预感到自己被那个地方拒绝而产生的悲哀的投影。

还有另一段最初的记忆。

我六岁时就能读书写字。从我读不懂那本绘本来看，必定是五岁那年的记忆。

那时，我拥有数量众多的绘本。其中一本的两页印着一幅完整的画，被我执着地偏爱。盯着那幅画，我就可以忘记漫长而无聊的午后。有人来时，我还会像做了什么亏心事似的，慌张地翻开另一页。护士与女佣的守护令我不胜其烦，我想过那种一天到晚都能盯着那幅画看的生活。翻开那一页时，我的心怦怦直跳，看其他页面时，却是心不在焉。

那幅画，画的是身骑白马、高举利剑的贞德[①]。白马愤怒地张着鼻孔，健硕的前肢扬起沙尘。贞德身着的银白铠甲上刻着某个美丽的徽章。面罩也难掩他俊美的容貌。他威风凛凛地向蓝天挥出剑刃，对抗着“死亡”，抑或是某个带着不祥力量飞逝而去的对手。我相信，下一个瞬间他就会被杀死，立刻翻动书页，或许能看到他被杀害的画面。在某种状态下，绘本的画也许会在不知不觉中转移到“下个瞬间”……

然而某天，护士若无其事地翻到这页画，对在旁边不时偷看的我说：

“少爷，您知道这幅画的故事吗？”

“不知道。”

“这个人看上去像男人吧。但她是女人哦，是真的。这是个女人扮成男人的模样，参加战争、为国献身的故事。”

“是女人吗？”

我感觉自己被摧毁了。本以为是“他”的人实际却是“她”。这位美丽的骑士竟不是男儿身，而是女人。（现在我也对女扮男装怀有根深蒂固的、难以解释的嫌恶）这尤其像是对我的残酷复仇，因我对他的死抱有天真的幻想。这类似于我人生

---

① 贞德（1412—1431），又称圣女贞德，在百年战争中拯救了法国的英雄少女。

中遇到的第一次“来自现实的复仇”。后来，我在奥斯卡·王尔德[1]的诗句中读到了对美丽骑士之死的赞美。

被杀的骑士多么美丽，
静卧在芦苇与灯芯草中。
…………

自那以后，我将那本绘本抛诸脑后，再没有碰过。

于斯曼[2]在小说《在那边》中写道：奉查理七世之命担任护卫之职的贞德，因目睹种种难以置信的事迹，吉尔斯·德·莱斯[3]那种“最终转变成极其精巧的残虐与微妙的罪恶性质”的神秘主义冲动在她心中滋长起来。这虽是一种相反的机缘（令人厌恶的机缘），在我这里，那名奥尔良的少女也发挥了一定的作用。

还有一段记忆——

那是汗水的气味。汗水的气味唤起我的憧憬，驱使着我，

---

① 奥斯卡·王尔德（1854—1900），19世纪法国小说家，西方现代主义文学转型中的重要作家，象征主义的先行者，代表作有《逆流》《该诅咒的人》《起航》《抛锚》等。

② 于斯曼（1843—1907），法国作家，美术评论家。前期是自然主义的拥护者，后转为现代派的先锋。代表作有小说《逆流》《在那边》等。

③ 古尔斯·德·莱斯（1404—1440），百年战争时期的法国元帅，曾与贞德并肩作战，隐退后沉迷炼金术，成为连环杀童案的凶手。

支配着我……

仔细聆听，能听到浑浊的、极其轻微的、震慑人心的沙沙声。那单纯而不可思议的哀切歌声有时混杂着号角声逐渐靠近。我拉着女佣的手，催促道“快点快点”，恨不得立刻被她抱到大门口。

操练归来的军队从我家门前经过。我总是期待能从喜欢孩子的士兵手中得到几枚空弹壳。因祖母觉得危险，不允许我拿，所以这种期待里还添入了隐秘的欢喜。军靴沉重的声响、污浊的军装、担在肩膀上的一杆杆枪支，这些足以迷住任何一个小孩。但令我神魂颠倒的，却是汗水的气味，唯有汗水的气味，成为我期待从他们手中获得弹壳的隐藏动机。

士兵们的汗臭味，那如海风一般、被金黄的海岸烘烤的气味冲击着我的鼻孔，让我如痴如醉。我最初关于气味的记忆，或许就来源于此。这气味当然没有直接带来性快感，但士兵们的命运、他们职业的悲剧性、他们的死，以及那些他们必然会看到的遥远国度……针对这一切的官能性欲求，却从我的体内缓慢而切实地苏醒过来。

……我人生中第一次邂逅的，就是这些奇形怪状的幻影。从一开始，它们就以一种处心积虑的完整状态出现在我面前，一个也不少。后来的我在此寻找自己意识与行动的源泉，发现，一个也不少。

我从幼年起对人生抱有的观念，从未脱离奥古斯丁[①]式的宿命说。无益的迷惘几次三番地折磨着我，直到现在也让我深受其苦。但倘若把这种迷惘看成一种堕入罪恶的诱惑，我的决定论[②]就从未动摇。记录着我一生不安的菜单，早在我还未能读懂时就已经塞给了我，我只需铺好餐巾，坐在餐桌前等待。就连现在之所以在写这本古怪的书，也是因为菜单早有安排。打从一开始，我应该就看见了它。

我的幼年时代是一个时间与空间纷争不休的舞台。诸如火山喷发、叛军暴动等从大人那儿听来的各国新闻，眼前祖母的发病及家中琐碎的争执，童话世界里令人沉醉的幻想性事件，以上三种，我时常认为是等价值、同系列的东西。这个世界并不比积木搭成的建筑复杂，我最终不得不踏入的“社会”，也不会比童话“世界”更光怪陆离。一种限制在无意识里生根发芽。从一开始，所有的幻想就在反抗这种限制的过程中，渗透出奇特、完整且自成一体的、类似热烈愿望的绝望。

夜晚，我躺在床上，看到睡床四周黑暗的延长线上，泛出灯火璀璨的都市。它奇妙且静谧，充满光辉与秘密。造访过那

---

① 奥古斯丁（354—430），古罗马帝国时期的天主教思想家。

② 认为包括人的意志、行为在内的世间万物都受某种必然法则支配的哲学观点。

里的人，脸上必然被刻上一个秘密的烙印。深夜回家的大人，他们的言行举止中，总好像残留着暗语或共济会[①]成员之类的特征。他们的脸上还带有某种闪闪发光的、不忍直视的疲惫。如同触摸圣诞节假面后，指尖留下的银色粉末。倘若用手触摸他们的脸庞，也会明白夜晚的都市为他们涂抹了何种色彩。

不久后，我看到“夜”在我眼前拉开帷幕。那是松旭斋天胜[②]的表演。（她少见地在新宿剧场举行了表演，若干年后，我在同一剧场观看了名叫但丁的魔术师的演出，他的演出规模远超天胜数倍，但无论是但丁，还是世界博览会上的哈根贝克马戏团[③]，都没能像天胜一般令我惊奇不已。）

她丰满的躯体包裹在宛如《启示录》大淫妇[④]的衣裳中，在舞台上悠然踱步。魔术师特有的亡命贵族般造作的气势、那沉郁的温柔、那女中豪杰般的姿态、奇特的委身于廉价物光芒的赝品衣饰、女浪曲师[⑤]般浓厚的妆容、涂抹至脚指甲的白粉、人工宝石堆砌的瑰丽手镯……都展现出某种神经质的和谐。或者说，是不和谐投下的阴影的细腻肌理，引来了独特的和

① 1717年在英国伦敦成立的自由主义、世界主义的友爱组织。

② 松旭斋天胜（1886—1944），明治时期著名女魔术师，曾随师父松旭斋天一赴欧美巡回演出，回国后致力于魔术的现代化。

③ 德国的大型动物马戏团，1933年赴日演出。

④ 又称“巴比伦大淫妇”，是《新约圣经·启示录》中登场的寓言式邪恶人物。《启示录》中曾这样描述她的装扮：“这个女人身穿紫色和鲜红色的衣服，戴着金器、宝石、珍珠做的装饰，手里拿着金杯，盛满了可憎之物和她淫乱的秽物……”

⑤ 表演浪花调的艺人，在三味线的伴奏下，以通俗易懂的曲调说唱故事。

谐感。

我隐约明白，“想成为天胜”与“想成为彩电车司机”，本质上并不相同。最显著的差异在于，对前者，我完全失去了那种对“悲剧性东西”的渴望。想成为天胜时，我不需要体会憧憬与内疚混杂的焦灼感。尽管如此，我仍然抑制不住内心的冲动，某天溜进母亲的房间，打开了衣橱。

我从母亲的衣物中拽出那套最繁复华丽的和服。腰带上用油彩画着鲜红的玫瑰。我像土耳其的大官一样把它缠在身上。我用绉绸的包袱皮裹住脑袋，站在镜子前瞧时，发现那一时兴起缠上的头巾，很像《金银岛》①里海盗的头巾。我感到一阵狂喜，脸颊发烫。然而我的任务还很艰巨。我的一举一动，甚至是手指脚趾，都必须适合催生神秘。我将化妆镜插进腰带，脸上涂抹薄薄的白粉。接着，拿起细长的银色手电筒和古式的雕金钢笔，总之，我把所有耀眼炫目的物件都带在了身上。

就这样，我堂而皇之地冲进祖母的卧室，掩饰不住满心的喜悦与滑稽。

“天胜呀，我是天胜呀。”

我边喊边在卧室里来回奔跑。

祖母躺在病床上，母亲、某个不知名的客人和照料祖母的

① 英国小说家斯蒂文森（1850—1893）的作品。

女佣也在房里。但我的眼里看不见任何人。我的狂热，统统集中在我扮演的天胜在众目睽睽之下亮相。换句话说，我只看得到自己。然而，我不经意间看到了母亲的脸。母亲脸色微微发白，神情恍惚地坐在原地。她一对上我的眼睛，就立刻低下头去。

我懂了。眼泪从眼眶渗出。

那时，我懂得了，或者被迫懂得了什么呢？是“先于罪恶的悔恨”这一后来的主题在这个场合初见端倪；抑或是，我一边领教了被放置在爱意的目光中时，那份孤独的狼狈之处，另一边，却又从背面学会了自身拒绝爱意的方法？

——女佣将我制伏。我被带到别的房间，瞬间被剥走那身不成体统的装扮，活像只被拔光羽毛的公鸡。

开始看电影后，我的装扮欲与日俱增。到十岁为止，还一直表现得很明显。

某天，我与学仆[①]去看一部名叫“弗拉·狄阿波罗”的音乐电影。扮演狄阿波罗的演员穿着宫廷服，袖口长长的蕾丝花边上下翻飞，那场景令我难以忘怀。好想穿那样的衣服，戴那样的假发，我说完这些话后，学仆轻蔑地笑了。但我知道这家伙时常在女佣房间扮演八重垣姬[②]，逗得女佣欢笑不止。

---

① 寄食学生。在同乡、前辈或有势力人的家庭边看门边学习的青年。

② 日本歌舞伎剧《本朝廿四孝》中的角色，歌舞伎经典的女性形象。

继天胜之后，将我迷倒的是克里奥帕特拉[①]。那天接近年末，天上下着雪，与我要好的医生禁不住我百般哀求，带我去看那场电影。因是年末，并没有多少观众。医生把脚搭在座位扶手上，睡着了。——只剩我一个人用好奇的目光凝视着画面。坐在大批奴隶担抬的古怪轿辇里向罗马进发的埃及艳后、涂满眼影的眼睑下忧郁的目光、她身着的超自然服饰，以及，那从波斯绒毛地毯中露出的半裸的琥珀色身躯。

这次，我避开祖母和父母（以充沛的偷欢之情），在弟弟和妹妹面前疯狂扮演克里奥帕特拉。我从这男扮女装中到底期待什么？后来，我在罗马衰败期的皇帝——那个罗马古神的破坏者、荒淫无度的禽兽皇帝赫里奥加巴卢斯[②]身上，发现了与我相同的期待。

如此，我讲完了两种前提。这需要复习一遍。第一个前提是挑粪工人、奥尔良的少女和士兵的汗臭味。第二个前提，是松旭斋天胜和克里奥帕特拉。

还有另一个前提不得不谈。

---

① 一般指克里奥帕特拉七世（公元前70—公元前30），又称埃及艳后，是古埃及托勒密王朝最后一任女法老。

② 赫里奥加巴卢斯（204—222），公元2世纪时的古罗马皇帝，他行为荒诞，生活奢靡，在宫中公开淫乱又滥杀无辜，最终引发众怒，被近卫军诛杀。

小时候，我对孩子能拿到手的童话几乎都有涉猎，但我不喜欢公主，只喜爱王子。尤其是那些即将被杀的王子、注定死亡的王子。我爱所有即将被杀的青年。

然而，我始终不解。为何在众多安徒生童话中，唯有《玫瑰花精》里那个亲吻恋人赠送的玫瑰花时，被恶徒刺死并斩下头颅的英俊青年，在我心中留下深深烙印？为何在众多的王尔德童话中，唯有《渔夫与人鱼》里，那位被冲上海岸时，紧抱人鱼的年轻渔夫的尸首令我神魂颠倒？

当然，我也十分热爱其他孩子热爱的一切。我喜欢安徒生童话里的《夜莺》，也喜欢许多孩子爱读的漫画。然而，我的内心无法抑制对死亡、黑夜和鲜血的向往。

“被杀害的王子”的幻影，如附骨之疽般追随着我。将王子们身着紧身裤的暴露着装与他们残酷的死联想起来，为何会这般愉快？谁能向我解释明白？

其中，有一则匈牙利童话，那幅极其写实的彩色插图，将我的心久久俘获。

插图中的王子，身着黑色紧身裤、前胸绣着金线的玫瑰色上衣。披着红色内衬的深蓝斗篷，腰上缠着绿色和金黄色的腰带。金绿色的头盔、深红的大刀与绿色的皮革箭筒是他的武器。他左手戴着白色皮革手套，挽着长弓，右手搭住林中老树的枝丫，以一种凛然的沉痛表情，俯视着巨龙即将袭来的血盆大口。表情包含必死的决心。倘若那王子最终成为斩杀巨龙的胜利者，他带给我的蛊惑将不可避免地转淡。所幸，王子背负的，是死亡的命运。

令人遗憾的是，这死亡的命运并不彻底。王子为了救出妹妹，与美丽的妖精女王成婚，必须经受七次死亡的考验。但因为含在口中的魔法钻石，他死亡了七次却也复活了七次，最终享受成功的幸福。上述插图描绘的是第一次死亡——被巨龙啃食而死——之前的光景。在那之后，他“被巨型蜘蛛抓住，体内注入毒液，被一口一口吞入蛛腹”，随后溺水而亡，被火焚烧，被毒蜂叮咬、毒蛇啃噬，被扔进遍布锋利刀尖的洞穴，被“倾盆大雨”一般的巨石砸中而死。

只有“巨龙啃食而死”的桥段，被事无巨细地描写了一番：

“巨龙立刻嘎吱嘎吱地啃食起王子的身体，王子被啃咬得稀碎，痛苦难当。但他一直忍耐着，等到他完全被啃成碎片，却突然变回原来的身体，从巨龙口中轻巧地一跃而出，连一块擦伤也不曾留下。巨龙，当场倒地而亡。”

这一段我读了上百遍，却觉得“连一块擦伤也不曾留下”是无法忽视的缺陷。每当读到这句话，我就感觉被作者背叛，认为作者犯下了重大过失。

不久后，不知在何种情境下，我有了一项发明。读到这一行时，我会用手遮住“却突然变回”到“巨龙”的部分，再接着读。如此一来，这本书便成了我理想中的模样。这一段应该这样读……

“巨龙立刻嘎吱嘎吱地啃食起王子的身体，王子被啃咬得稀碎，痛苦难当。但他一直忍耐着，等到他完全被啃成碎片，当场倒地而亡。”

——在大人读来，这样的删减或许违背常理。但这位年幼、傲慢且易沉溺于自身喜好的检阅官，明知“完全被啃成碎片”与“当场倒地”存在显而易见的矛盾，却依旧无法割舍任何一句。

与此同时，我还喜欢幻想自己战死或被杀害的场景。但我比其他人更惧怕死亡。有一次，我把一个女佣捉弄哭了，第二天早上，她却像没事人一样满面笑容地为我准备早餐。看着她明媚的笑容，我读出了种种含义。那微笑是具备十足胜算后的恶魔之笑，她为了向我报复，也许打算毒杀我？我心中的恐惧如波涛般起伏。那毒，一定下在了大酱汤里。每当我这么想时，就坚决不碰早餐的大酱汤。我吃完饭离开座位时，也有好几次盯着女佣的脸看，观察她是不是“看了大酱汤”。那女人站在餐桌对面，因毒杀企图被识破而备感沮丧，却又不好立刻走开，唯有惋惜地盯着那碗漂浮着若干尘埃的、已经变凉的大酱汤。

祖母怜惜我体弱，又怕我学坏，总不许我和附近的男孩子玩耍。因而，我的玩伴除了女佣和护士之外，只有祖母为我从附近挑选的三个女孩。微弱的噪声、刺耳的开关门声、玩具的喇叭声、相扑游戏发出的声响……所有突兀的声音都会刺激祖母右膝的神经痛，所以我们玩耍时必须比一般女孩更加安静。其实，我更喜欢一个人读读书，搭搭积木，画会儿画，或是沉醉于天马行空的幻想。弟弟妹妹出生后，因父亲的关照（不像我似的，完全交给祖母），他们得以像普通小孩一般自由成长。但对他们的自由与胡作非为，我也并没有十分羡慕。

去堂妹或别的亲戚家玩时却不一样。每到那时，就连我也会被要求像个“男孩子”一样。我七岁那年的初春，即将上小学的时候，去某位堂妹——就叫她杉子吧——家做客。在那里，发生了一件值得纪念的事。带我来做客的祖母禁不住大伯母对我一迭声“长大了，长大了”的称赞，对我的饭食做了破例允许。因害怕之前提过的自家中毒频繁发作，那年为止，祖母一直禁止我食用“青肌鱼”。从前一提到鱼，我只知道鲆鱼、比目鱼、鲷鱼等白肉鱼，说到马铃薯，我也只知道碾碎后用滤网过滤的土豆泥，说起零食，带馅儿的点心是不能吃的，能吃的只有薄饼干、威化饼和干点心。至于水果，我也只尝过切成薄片的苹果和少量橘子。我无比满足地吃着第一次吃到的青肌鱼——那是一条鲕鱼。这美味意味着我第一次被赋予大人的资格，每当意识到这一点，一种让我内心抑郁的不安——“成为大人的不安”——就沉重地压上来，使我的舌尖感到微微苦涩。

杉子是个洋溢着生命活力的健康小孩。住在她家时，我们睡在一个房间并排的小床上。杉子一沾枕头，就像机械般轻易入睡。总也睡不着的我，就会带着轻微的嫉妒与叹赏守护着她。在她家时，我比在自己家自由数倍。因将我夺走的假想敌——我的父母——不在身旁，祖母便放心地给予我自由，无须像在家时，时时将我置于视线范围内监视。

然而，被赋予自由的我，并不能充分享受自由。我像一个大病初愈后开始蹒跚走路的病人，因被强加了某种看不见的义务而感到拘谨。老实说，慵懒的床铺更令我眷恋。在那里时，我还在无形中被要求表现得像个男孩子。于是，我开始了缺乏灵魂的表演。从那时起，我隐约理解了这样一种构造，别人眼中的我的表演，对我而言是回归本真这一要求的表现，别人眼中自然的我，才是我的表演。

这并非本意的演技令我喊出“来玩打仗游戏吧！”。我的玩伴是两个女孩，杉子与另一个堂妹，因而打仗游戏并不是最适合的游戏。何况那两位“女战士”也是意兴索然。我提议玩打仗游戏，是出于一种相反的人情，换句话说，我并不希望她们如愿，想多少为难她们一下。

天色渐晚，我们在微暗的大宅内外百无聊赖地玩着笨拙的打仗游戏。杉子躲在灌木丛下，用嘴巴模拟机关枪发出嗒嗒声。我想是时候做个了结了，于是逃入屋内。女兵们一边高喊着“嗒嗒”一边追了过来，我一看见她们，立刻捂着胸口，在客厅中央颓然倒下。

“你怎么了？小公？”女兵们表情严肃地凑了过来。

我没有睁眼，也没有活动手脚，答道：

“我已经战死了。”

我想象自己以扭曲的姿态倒地死去，感到无比愉悦。被枪击中逐渐死去的状态也有种难以言喻的快感。假使真的被子弹击中，我应该也不会感到痛苦……

幼年时……

我遇到了某个象征性的场景。现在的我觉得，那场景就是我的童年本身。看到它，我就感到童年即将离我远去，正向我挥手诀别。我预感到，我内部的时间悉数从体内升腾而起，被这幅画面拦截。它们准确地模仿着画中的人物、动作和声音，摹写完成的同时，原画中的场景融入了时间，留给我的只剩那幅唯一的仿作——亦即，我童年精致的标本。每个人的童年应该都备好了一桩类似的事件。然而，它们往往以一种微不足道的形式出现，甚至无法被称为事件，因而多数不为人注意。

——那幅场景是这样的。

某次夏日祭，参加祭典的人群一窝蜂似的闯入我家。

祖母为了腿脚不便的自己，也为了她的孙子，也就是我，拜托祭典的策划师让镇上的祭典队伍经过我家门口。原本这里并不是队伍的必经之地，因策划师头目的斡旋，每年祭典队伍都要绕点远路，从我家门前经过。这已成了惯例。

我与家里人站在门口。雕刻着唐草[①]花纹的铁门左右敞开，门前的台阶用清水冲洗得干干净净。太鼓的声音逐渐靠近，时断时续。

悲切的运木歌谣[②]穿过祭典无序的嘈杂声传来，渐渐能听见清晰的歌词。它告知人们这场表面无意义的喧哗真正的主题是什么。它让人强烈地联想起人类与永恒极其卑俗的交会，那种非虔诚的乱伦不能成就的悲哀的交会。从难分难解的声音的集合里，能辨别出锡杖开路时的金属声、太鼓沉闷的轰鸣声、抬神轿的轿夫杂乱的号子声。我的心（从那时起，热烈的期待已不是喜悦，而是痛苦）怦怦直跳，那种窒息感令我站立不稳。手持锡杖的神官戴着狐狸面具。野兽神秘的金色眼睛，直勾勾地盯着我看，仿佛要将我的魂魄摄去。不知何时起，我抓紧了身旁家人的衣角，感到自己已做好准备，只要逮到机会，就要立刻从眼前队伍带给我近似恐惧的欢愉中逃离出去。从那

---

① 俗称卷草纹，“S”形波状曲线排列的花纹，因盛行于中国唐朝，故称“唐草纹”。

② 运木歌谣，日本民歌的一种，运送木材时所唱。

时起，我面对人生的态度就是如此。面对那些期待已久的事物，因事先的幻想过分修饰的事物，我最终也只能逃离。

不久，脚夫抬着结有注连绳[①]的香资箱经过。孩子们的神轿一路蹦蹦跳跳，轻佻地通过后，一顶庄严的黑底金纹大神轿由远及近而来。远远看过去，轿顶上的金凤凰如同漂浮水波间的鸟，在嘈杂声中炫目地摇晃着，带给我们一种绚烂的不安。唯有那神轿四周处于密闭的无风状态，盘旋着热带气流。它以一种恶意的懒惰，在年轻人赤裸的肩膀上热烈地摇晃。红白相间的粗绳、黑底金纹的栏杆，紧闭的描金轿门里隐藏着四平方尺的黑夜。在万里无云的初夏白昼，那上下左右不停摇晃跳动的正方形空洞黑夜，正以王者的气度公然降临人间。

神轿来到我们眼前。年轻的轿夫穿着款式相同的浴衣，肌肤大部分裸露在外。他们一步三摇，每晃动一下，就像神轿本身喝醉了一般。他们的脚纠缠在一起，眼睛好像并不看地面。手握大团扇的年轻人不断高呼，一边围着队列奔跑，一边起哄。神轿有时摇摇晃晃地倾倒下来，又立刻在疯狂的叫喊声中扶正。

那时，我家的大人似乎从那乍看之下与往常无异的抬轿队伍中，感受到了某种力量即将袭来的意志。握住我的那只大

---

① 注连绳，日本指为阻止恶神入内而在结界周围圈起的稻草绳。

手，突然把我推向后方。不知是谁大喊“危险！”接下来发生了什么，我就不得而知了。我被人牵着逃往前院，从内玄关一路跑进家中。

我不知和谁一起跑上二楼。我走到阳台上，看着黑漆漆一团涌进前院的神轿队伍，连大气也不敢出。

我想了好久也不明白，究竟是什么力量激发出他们这种冲动。我又怎么能料到，那数十名年轻人，竟会有计划地一窝蜂闯进我的家门。

花园的绿植被酣畅淋漓地踩踏一通，这才是真正的祭典。我平日看厌的前院，变成了另一个世界。神轿没有放过任何一个角落，灌木丛被嘎吱嘎吱地踩扁。我甚至很难理解到底发生了什么。声响不断地中和交汇，宛如冻结在原地的沉默夹杂着无意义的轰鸣声朝我涌来。颜色也是如此，金色、红色、紫色、绿色、黄色、藏青色、白色跃动喷涌着，支配整体的唯一色彩，时而变成金色，时而又变成红色。

然而，唯一鲜明的东西却令我觉醒、令我悲伤、令我的心被不知名的痛苦填满。那是神轿轿夫放浪而露骨的陶醉表情……

第二章

有一年多的时间，我体会了被分配到奇特玩具的孩子特有的烦恼。那年我十三岁。

那个玩具有时可以增加体积，似乎暗示如果懂得玩法，将是个十分有趣的玩具。然而，因为哪里都没写使用方法，当玩具开始想跟我玩时，总是把我弄得一筹莫展。这种屈辱与焦躁有时强烈到让我想把玩具毁掉。然而最终，面对那个桀骜不驯、表情暗含着甘美秘密的玩具，我唯有屈服，无可奈何地盯着它任性的模样。

因此，我想更加虚心地倾听玩具的向往。如此一想，这个玩具已经具备了一定的明确嗜好，或者说秩序。嗜好的系列加上幼年的记忆，不断与夏天海边见到的裸体青年、神宫外苑泳池里的游泳运动员、与堂姐结婚的皮肤微黑的青年、众多冒险小说中勇敢的主人公联系起来。以前，我总将它们与其他诗性的系列混淆在一起。

我的玩具果然也朝死亡、鲜血和坚实的肉体抬起了脑袋。我会偷偷从学仆那里借来讲谈[①]杂志。杂志卷首的插图画着血腥的决斗场面，年轻武士腹部被切开的画，中弹后的士兵咬着牙，用手抓紧胸前的军装，鲜血顺着手部滴落的画面，还有肌肉紧实、不太肥胖的小结[②]力士的照片……每当看到这些，玩具会立刻抬起好奇的脑袋。“好奇”这个形容词如果不那么恰当，换成“爱意的”或“欲望的”也无妨。

我的快感明白了这些之后，慢慢开始有意识、有计划地行动，甚至开始甄选和整理。遇到构图不完美的杂志插图，我会先用彩色铅笔临摹下来，以此为基础充分修改。那些画，画着捂住胸口枪伤、跪倒在地的马戏团青年，或是摔破头盖骨倒在地上、半边脸颊被鲜血浸透的钢丝杂技演员。在学校时，我因为害怕家中书柜抽屉里这些残虐的画被发现而心不在焉，完全听不进老师讲课。又因我的玩具对它们的喜爱，我总也无法将它们画出后又匆匆撕毁丢弃。

如此这般，我那桀骜不驯的玩具整日空度岁月，别说是第一目的，就连第二目的——所谓“恶习”的目的——也不懂去达成。

---

① 日本大众说唱艺术的一种，专门为听众讲说历史故事或虚构故事。

② 相扑大力士等级的一种。

我周遭的环境发生了各种变化。一家人离开我出生的老宅，搬到某个镇子相隔半丁目[①]的两处宅子。一处住着我与祖父母，另一处住着父母和弟弟妹妹，我们成了各自生活的一家人。其间，我的父亲受政府指派，游历了一番欧洲诸国。不久后，父母一家再次搬迁。父亲终于下定决心，想趁这个机会把我领回自家。经历了一场被他命名为“新派悲剧”的与祖母的离别场面后，我搬到了父母的新家。那里与我原先待的祖父母家隔着若干省铁路车站和市电车站。祖母终日抱着我的照片以泪洗面，若我打破一周回来住一次的约定，她的病就会立刻发作。十三岁的我，有一个深爱着我的六十岁恋人。

其间，父亲撇下一家人，独自去了大阪工作。

某天，我有点感冒，就向学校请假。趁这个机会，我把好几本父亲带回的外国画册搬进房间，专心地看了起来。意大利各城市美术馆宣传册上印着的希腊雕塑照片，尤其令我沉醉。在众多描绘裸体的名画中，我偏爱黑白照片的版本。这大概是出于一种单纯的理由，认为那样的照片看上去更真实。

我也是第一次看手里这些画册。吝啬的父亲生怕孩子的手把画册弄脏，把它们藏进书架最深处。（一半原因是怕我被名画上的裸女迷住，他这可算是误会我了！）另外，也是因为我

① 日本划分町区的单位，相当于胡同、街道。

对它们，并没有像对讲谈杂志插图那样的期待。——我将所剩无几的页面往左翻，在画册角落，出现了一幅专门为我而存在的画，它一定在那里等待了我许久。

那是热那亚红宫[①]收藏的圭多·雷尼[②]的《圣塞巴斯蒂安[③]》。

提香[④]风的忧郁森林与傍晚天空组成幽暗的远景，微微倾斜的黑色树干是他的刑架。异常美丽的裸体青年被绑在树干上。双手交叉，高高举起，绑住手腕的绳索绕在树上。除此之外看不到其他绳结，遮盖青年裸体的，唯有缠在腰间松松垮垮的白色粗布。

我注意到这是一幅殉教图。然而，这幅出自文艺复兴末期耽美性折中派画家的圣塞巴斯蒂安殉教图，却带着浓郁的异教气息。为何这样说？因这具足以媲美安提诺斯[⑤]的肉体并不像其他圣人一般，呈现出布教后的辛苦与老朽。它拥有的只是青春，光与美，以及安逸的享乐。

那白皙无比的胴体在微暗的暮色下闪闪发光。圣塞巴斯蒂安本是禁卫军出身，用惯长弓与宝剑的胳膊无比健硕。那健硕

---

① 位于意大利北部港口城市热那亚的古老宫殿，是热那亚最出名的美术馆。

② 圭多·雷尼（1575—1642），意大利博洛尼亚派画家，以其神话和宗教题材作品中所表现的古典的理想主义著称。

③ 圣塞巴斯蒂安（256—288），天主教圣徒，在3世纪基督教迫害时期，被罗马帝国皇帝下令乱箭射死。圣塞巴斯蒂安之死也是众多西方画家偏爱的题材。

④ 提香（1490—1576），意大利文艺复兴后期的著名画家。

⑤ 安提诺斯（711—130），罗马皇帝哈德良的男宠，以美貌著称。

的胳膊正以一种理所当然的角度被抬起。在他头发正上方，是交叉绑住的手腕。他的脸微微向上扬起，双眼平静地张开，注视着上天的荣光。挺起的胸膛、紧绷的腹部、略微侧身的腰部充斥着的并非痛苦，而是某种类似音乐的、倦怠而踌躇的闲适安乐。倘若没有那两支深深扎入左腋窝和右腹的利箭，他看上去就像一位古罗马角斗士，在黄昏时分倚靠在庭院的大树休憩。

箭，刺进他紧绷而芬芳的青春肉体，想用无上的痛苦与欢喜的火焰，将他的肉身从内部焚烧殆尽。然而，画中并没有画流出的鲜血，也不像其他圣塞巴斯蒂安图一样画着无数利箭。仅有的两支箭，在他大理石般的肌肤上落下安静而端丽的倒影，宛如树枝落在台阶上的阴影。

不过，以上的判断与观察，都是后来才有的。

看见这幅画的瞬间，某种异教的欢喜侵袭撼动着我的全部存在。我的血液在奔腾，我的器官充溢着愤怒的色彩。我体内巨大的、即将胀裂的一部分，以一种前所未有的激动等待着我的差遣。它诘问着我的无知，愤怒地喘息着。我的手在不知不觉间，开始做从没有人教过的动作。我感到某种黑暗却耀眼的东西快速从体内攻上来，顷刻间，伴随着令人晕眩的酩酊迸发出来。

过了一会儿，我痛心地环视了一圈书桌周围。窗外枫叶明丽的倒影，铺在我的墨水瓶、教科书、字典、画册照片、笔记本上。浑浊的白色飞沫，沾在教科书的烫金标题、墨水瓶瓶身和字典一角。有的正无精打采地滴落下来，有的发出死鱼眼珠般暗淡的光。……幸亏我眼疾手快，伸手挡住，才使画集幸免于难。

这是我最初的ejaculatio[①]，也是第一次不得要领的、突发的“恶习”。

赫希菲尔德[②]列举性倒错者[③]最喜爱的绘画雕塑时，把“圣塞巴斯蒂安的绘画”列为首位。这对我而言，是个非常有趣的偶然。由此可顺理成章地推测出，性倒错者，尤其是先天性的性倒错者，通常难以分清倒错的冲动与性虐的冲动。

相传，圣塞巴斯蒂安生于3世纪中叶，而后成为罗马军队禁卫军首领，三十多岁的短暂生涯因殉教终结。他去世的那年，公元228年，是戴克里先[④]皇帝统治的太平盛世。这位皇帝出身平民，以独特的温和主义深受国民爱戴。但副帝马克西米安厌恶基督教，他将遵守基督教和平教义拒绝征兵的非洲青

---

① 拉丁语，意为“射精”。

② 赫希菲尔德（1868—1935），德国著名的内科医生与性学家，世界上第一个性学研究所的创办者，对性行为医学的研究举世推崇。

③ 司法精神病学鉴定中的一种精神症状，指性对象或满足性欲的方式异于常态。

④ 戴克里先（244—311），罗马帝国皇帝，结束了罗马帝国“3世纪危机”，建立了四帝共治制。

年马克西米莱纳斯处以死刑。百人队长马塞拉斯的死刑，同样基于宗教性的操持。圣塞巴斯蒂安的殉教，应置于这种历史背景下理解。

禁卫军首领圣塞巴斯蒂安秘密皈依了基督教，他安慰狱中的基督教徒，规劝市长等人改变信仰。种种行径暴露之后，被戴克里先皇帝判处死刑。他被乱箭射死，尸体放置在路旁。一位虔诚的寡妇想将他埋葬，却发现尸体尚有余温。在寡妇的精心照料下，他死而复生。重生后不久，他又因顶撞皇帝，发表亵渎罗马诸神的言论，被乱棍打死。

该传说的重生主题，必然是为了迎合“奇迹”的要求。布满无数箭孔的肉体，又怎能死而复生?

为了让各位更深入地理解我这强烈的官能性欢喜究竟属于何种性质，现将我后来创作的一首未完成的散文诗添附如下。

圣塞巴斯蒂安《散文诗》

某天，我发现教室窗外有一棵不怎么高的树，在风中摇摆。看着看着，我的心开始疯狂跳动，那棵树美得惊人。它在草坪上支起了略带弧度的端正的三角形，无数伸出的枝丫如烛台般左右对称，支撑着沉甸甸的绿意。绿叶下露出坚实的树干，如黝黑的黑檀底座。完美、极尽精巧，又不失“自然”那种优雅而随意的气质。那棵树，仿佛它自己就是自己的创造者，守着一种明媚的沉默，伫立在原地。它也确实是一件作品，恐怕是一段音乐，一段德国音乐家为室内乐创作的作品。那音乐堪称圣乐，如同织进静谧的宗教性逸乐的挂壁图案，充满着庄严与怀旧感……

因而，树的形态与音乐相似，对我而言有某种意义。两者结合在一起，变得更加强烈与深邃。它们向我袭来时，这难以言喻的灵妙的感动，至少已非抒情性的东西，而是宗教与音乐相融后产生的忧郁的酩酊。即便如此，也没什么好奇怪的。“这不是那棵树吗？”我突然问自己的心。

“年轻的圣人双手反绑在树上，一股股神圣的鲜血顺着树干流淌，如雨后的水滴。他在挣扎中，把承受着死前痛苦的年轻血肉（那或许是人世间所有快乐与烦恼最后的证明），粗暴地涂抹在枝干上。这，难道不是那棵罗马的树吗？”

殉教史记载，那位戴克里先皇帝登基后的数年，都在幻想拥有如飞鸟翱翔般不受约束的权力。年轻的禁卫军首领柔软的躯体，令人联想起那位著名的哈德良皇帝深爱的东方奴隶，与此同时，他那叛逆者的眼神却如大海般冷酷。这位禁卫军首领因侍奉禁忌之神被捕。他俊美而倨傲，头盔上插着一枝洁白的百合，那是镇上的年轻姑娘每天早上送来的礼物。严苛的操练结束后，那枝百合便顺着他英勇的头发优雅地低垂着，宛如白天鹅的颈项。

没有任何人知道他生于何处，从何处而来。但人们有所预感，这个拥有奴隶身躯、王子面容的年轻人，只是个匆匆的过客。这位恩底弥翁[①]是位牧羊人。唯有他，才配被水草最丰美的牧场挑选为牧羊人。

几个姑娘坚信他是从海上来的。因他的胸膛能发出澎湃的涛声。他的瞳孔深处漂浮着神秘的、无法消逝的海平线，那是海洋赐予生长在海边却不得不离开之人的纪念物。他的呼吸如盛夏的海风般灼热，散发着被冲上海岸的海藻气息。

圣塞巴斯蒂安——年轻的禁卫军首领——展示的美，难道不是一种即将被杀害的美吗？那些健壮的女人，被罗马新鲜血肉的甘美与醉人美酒的芬芳滋养了五感，早已察觉出他自己未曾察觉的不祥命运。因而，她们才爱他。在不久的将来，她们会窥视着鲜血从他撕裂的洁白肉体喷涌而出，异常迅猛地流淌出来。那些女人，怎么可能无视这种对鲜血的强烈渴求。

这不是薄命，绝不是薄命，而是更加傲慢不祥的东西，甚至可以称得上耀眼。

例如，即使沉溺于甘美的接吻时，属于在世之人的死苦[②]

① 古希腊神话中的美男子，月亮女神塞勒涅的恋人。

② 佛经中“七苦”之一，指气息全无、生机断绝、无所觉知的痛苦。

也多次掠过他的眉间。

他自己也隐约预感到了。在命运的前方，等待他的唯有殉教。能将他与凡俗隔绝的，唯有这悲惨命运的标识。——那天早上，圣塞巴斯蒂安迫于繁忙的军务在黎明时分清醒，从床上一跃而起。他在那个拂晓做了一个梦——众多不祥的鹊鸟在他胸口盘旋，拍打的翅膀遮住了他的嘴巴——这梦的气息依旧盘桓在枕边，没有散去。然而，他每夜躺卧的粗糙床铺，夜夜诱使他做的，应当是大海的梦，因它总是散发着被海浪冲上沙滩的海藻气味。他站在窗边，在一片金属摩擦声中穿好铠甲。他看着包围远方神殿的森林上空，十二宫的星团正从夜空沉落。每当眺望那座壮丽的异端神殿，他眉宇间便会浮现出近似痛苦的轻蔑神情，那种神情最适合他。他诵念着唯一神灵的圣名，吟咏了两三句令人敬畏的圣句。接着，从神殿的方向，从将星空分隔成若干区域的圆柱间，传来了恢宏而庄严的呻吟声，宛如山间回声，将他微弱的自语放大了几万倍。那声音响彻星空，仿佛某种异样的堆积物正在坍塌。他微微一笑，低头看去，拂晓夜色中，一群姑娘和往常一样，为了清晨的祷告偷偷向他的居所爬来。她们每个人的手上，举着尚在沉睡的百合花……

初中二年级的冬天异常寒冷。我们已习惯了穿长裤、直呼对方的名字。（小学时，老师命令我们称呼彼此时要在姓名后加上敬称，以及，即使在炎热的盛夏，也不许穿露出膝盖的袜子。穿长裤头的一个好处，就是再也不用被紧绷的长袜箍住大腿。）捉弄老师的优良作风、轮流在咖啡馆请客做东、在学校森林里玩丛林冒险，以及宿舍生活。不过宿舍生活对我而言，还是未知领域。初中一二年级时，几乎所有学生都要强制住校。爱操心的父母以我病弱为借口，让我免于住校。其实最大的原因，不过是怕我学坏罢了。

走读的学生不多。从二年级最后一个学期开始，我们这为数不多的群体里又添了副新面孔。是近江，他是因为某些粗鲁举止，被宿舍赶出来的。我此前一直对他不甚关注，却因为这场驱逐给他烙上“不良”的“高贵”烙印，突然无法从他身上挪开视线了。

我的朋友是个胖胖的老实人，此刻这个老实人正满面笑容地向我靠近，露出两个酒窝。他这个样子，一定是因为掌握了某条小道消息。“有件好事要告诉你。”

我离开暖气炉，和老实人朋友走到走廊，靠着窗户。从窗户向下看，可以看到被狂风吹得不成模样的弓箭道场。这里是我们说悄悄话的老地方。

“近江那家伙……”朋友涨红了脸，似乎有点难以启齿。小学五年级时，每当大家讨论“那种事”时，这个少年便立刻否认，理由找得像模像样。“那种事绝对是假的，我全知道。”

他听说某位朋友的父亲中风，还对我说中风是传染病，劝我离那位朋友远点。

“近江咋了？”我在家说话时明明像女孩一样斯斯文文，到了学校，用词却粗俗起来。

“听说近江那家伙，有过那种‘经验’，这事儿千真万确。”

这也没什么好奇怪的。他应该留级了两三次，但骨骼秀逸，脸庞轮廓比我们更出众，点缀着一种特权般的青春色彩。那种没来由蔑视别人的天性也使他高雅出尘。对他而言，这世上没什么值得高看一眼。优等生也好，老师也好，巡警、大学生抑或公司职员都好，都只配被他冷眼相待、讥笑不止。

“是吗？”

不知为什么，我突然联想起军训时近江灵巧地修理步枪时的模样。他只被军训的教官和体育老师偏爱并优待过，那时，是个威风凛凛的小队长。

“所以呀……所以说，”朋友发出初中生才懂的“嘿嘿”淫笑，“听说，那小子的‘那玩意儿’特别大。下次玩‘抓蛋游戏’时可以摸摸看，就知道是真是假了。”

“抓蛋游戏”是必然会在这个学校初中一二年级蔓延的传统游戏。它就像真正的游戏那样，比起游戏更类似某种疾病。它是在青天白日、众目睽睽之下进行的。某个人呆呆站立时，另一个人在旁边一边观察一边靠近，瞅准目标后，立刻伸手。

一旦得手，胜利者就会一溜烟地逃远，接着起哄道：

“好大，A 那玩意儿，真大呀。”

被害者会把夹在腋下的教科书之类的东西通通扔掉，用双手挡住被抓部位。不论促使大家玩这个游戏的冲动是什么，大伙儿一致认为，观看被害者这副可笑的模样，就是这个游戏存在的唯一目的。但实际上，说得更准确些，他们在那里找到了自己的羞耻——通过嘲笑别人而释放的羞耻。他们站在高人一等的立脚点，嘲笑着被害者涨红的脸颊中显现的与自己相同的羞耻，再从这嘲笑中感到满足。

被害者会像商量好似的喊道：

“啊，B 这家伙真下流！”

周围的人也纷纷附和：

“啊，B 这家伙真下流！”

近江是玩“抓蛋游戏”的高手。他攻击迅速，多数时候都能得手。但我怀疑，大家都在心里暗暗期待着他的攻击。作为交换，他也确实屡屡遭受被害者的报复。然而谁也没能复仇成功。他走路时虽然一直把手揣在口袋里，可一旦伏兵靠近，口袋里的那只手，却能立刻和外面的手组成双重盔甲。

朋友的话，在我的心里种下了一株恶毒的念想，宛如杂草一般。从前，我和其他朋友一样，都是以一种天真无邪的心情参与“抓蛋游戏”的。然而，朋友的话将我在无意识中严格甄别的那种“恶习”——我独自一人的生活——与这个游戏——我生活中与大家相同的部分，避无可避地关联在一起。确认的凭证，就是不管我愿不愿意，他那句“摸摸看”，的确以一种其他天真的小伙伴无法理解的特殊意味，迅速填充了我的心。

从那之后，我再没有参与过“抓蛋游戏”。我害怕自己袭击近江的瞬间，更害怕近江袭击我的那一瞬间。一旦察觉到游戏有可能发生，（事实上，这个游戏的状态类似于暴动或叛乱，爆发时通常毫无迹象。）我就会远离人群，只是站在远处，目不转睛地盯着近江的身影。

……话虽如此，近江的感化，在老早以前我们还没有意识到的时候，就已经开始向我们渗透了。

例如，袜子。当时，军事化教育已经侵蚀我的学校。江木将军那条著名的“朴实刚健”的遗训，又被老调重弹。时髦的围巾和袜子是不被允许的。学校规定不能戴围巾，必须穿白衬衫。袜子得是黑色的，至少是不带花纹的。只有近江一人，从没缺过白丝绸围巾和色彩鲜艳的花纹袜子。

这条禁忌最初的反叛者，手段高明得不可思议，竟能将自己的“恶”置换成叛逆的美名。少年们对叛逆的美学多么缺乏抵抗力，他早就用亲身实践看穿了这一点。在和他要好的教官——这个来自乡下的下级士官仿佛成了近江的跟班——面前，他故意慢吞吞地把白丝绸围巾缠到脖子上，还仿照拿破仑，把镶着金纽扣的外套衣领左右敞开。

然而，愚众的叛逆无论何时都只是小气的模仿。尽可能避免结果带来的危险，只品尝叛逆的甘美。我们从近江的叛逆中，只剽窃到了时髦的袜子。我也毫不例外。

早上到学校后，还未上课的教室无比吵闹，我们并不会端端正正地坐在椅子上，而是坐在课桌上聊个没完。每当有人穿了新花样的时髦袜子，往桌上坐时，就会优雅地拎起裤腿线。接着，眼快的人便立刻报以赞叹声。

“啊，好做作的袜子！”

我们不知道还有什么赞美词能胜过“做作”二字。只是每当说这话时，说话的人和被说的人，总会想起只在整队间隙现身的近江那倨傲的眼神。

某个大雪初霁的清晨，我早早去了学校。因为朋友昨天打来电话，说第二天一早要玩打雪仗。在那个期待着第二天的夜晚，我毫无意外又失眠了。早晨醒得太早，我也就不顾时间，直接上学去了。

雪终于积到能把鞋子埋住的厚度。太阳尚未完全升起，因为有雪，风景并不秀美，看上去阴森凄惨。雪像一条遮住小镇风景伤口的污浊的绷带，因小镇的美只能是伤口的美。

省线电车还是空空荡荡的，离学校附近的车站越来越近。

我透过电车窗户，看见工厂街背后逐渐升起的太阳。风景充溢着欢喜的色彩。根根耸立的不祥烟囱、单调的晦暗起伏的石板屋顶，在旭日照射的雪之假面刺耳的笑声下瑟瑟发抖。在这出雪景的假面剧里，似乎随时会上演革命、暴动之类的悲剧戏码。行人的脸色在雪的映衬下极其苍白，令人联想起挑担工。

我到达学校附近的车站时，听到车站旁的运输公司楼顶传来积雪融化的声音。那只能让我联想起光落下的样子。鞋底的烂泥涂满混凝土地板，制造出一片虚假的泥泞。光喊叫着，一个接一个纵身跃下，摔死在泥泞上。一束光判断失误，跳到我的脖颈上……

校园内没有任何足迹。物品保管室也上着锁。

我打开二年级一楼教室的窗户，眺望森林的积雪。森林斜坡有一条小径，从学校后门一路向上通往这栋校舍。雪地上的硕大脚印，顺着小径延伸至窗台下。脚印到窗户后折返，消失在左侧科学教室的后方。

有人已经来过。他一定是从后门顺着斜坡爬上来，看了看教室窗户，发现没人后，一个人往科学教室后方走了。只有少数几个学生会从后门进学校，其中一个就是近江，听说他住在相好的女人家。但他这人不到整队间隙轻易不会露面。可如果不是他，又会是谁呢？这硕大的鞋印，只能是他留下的。

我把身体探出窗户，凝神注视着鞋印上新鲜的黑色泥土。

这似乎是对某种事物确信后留下的足印，充满力量感。这难以言喻的力量深深吸引着我。我真想一头栽下去，把脸埋进鞋印。然而迟钝的运动神经一如既往地保护了我。我把书包放在课桌上，慢吞吞爬上窗沿。制服前胸的纽扣被石制窗沿抵住，摩擦着我柔弱的肋骨，带来一种混杂着悲哀甘美的疼痛。翻过窗户，跳到雪地上时，这轻微的疼痛将我的心脏快活地束紧，使我沉浸在战栗的危险情绪中。我轻轻把脚上的大码皮鞋贴在那双鞋印上。

看上去硕大无朋的鞋印实际与我的差不多大。我竟忘了鞋印的主人应该和我们一样，穿着当时流行的大码皮鞋。如此一来，这个足印倒有可能不是近江的了。——然而，追逐漆黑的鞋印可能令我失望的不安却成了另一种期待，无形中把我迷住。此时此刻，近江只是我期待的一部分。吸引我的，或许是对那个先我一步在雪地上留下足迹的人的憧憬，那是对某种被侵犯的未知复仇性的憧憬。

我追随足印而去，走得气喘吁吁。

有的鞋印留在光润的黑色泥土上，有的在枯萎的草皮上，有的在坚硬污浊的雪块上，有的在石板上。我像寻觅庭院的台阶般，贴着鞋印一个个走去。不知不觉间，发现自己开始和近江一样，大步流星地往前走。

我穿过科学教室后方的背阴处，来到宽阔的运动场前方的高台。三百米的椭圆形跑道与跑道中心并不平坦的运动场，都被覆盖在闪耀的白雪之下，不分彼此。运动场的一角，长着两棵相互依偎的巨大榉树，在清晨的阳光下延伸出长长的倒影，给雪景增添了一种可被称为明朗的谬误——必然侵犯某种伟大。巨树耸立在晴朗的冬日天空下，在雪地的反光和侧面的晨光映照下，露出塑料制品一般的细密质地。枯萎的枝丫与树干连接处，沙金一般的积雪不时滑落下来。运动场远处一栋栋少年宿舍与相邻的杂树林，似乎尚未从睡眠中苏醒。连这积雪滑落的微响也能激起空旷的回声。

我因这炫目的景象，一时间看不清任何东西。雪景亦可称为新鲜的废墟。只存在于古代废墟的无边无际的光辉，正在探访这片失落的虚假。在这废墟一角，五米左右跑道的雪面上，写着巨大的字母。离我最近的大圆圈是“O”，对面是“M”，再过去一点，是横过来写的长长的“I”。

是近江。我追随的足迹从“O”延续到“M”，再从“M”延续到“I”，指引我见到了站在“I”中间的近江。他围着雪白的围巾，低着头，双手插进外套口袋，正在雪地上拖着他的大码皮鞋。他的影子与运动场上两棵榉树的阴影平行，旁若无人地在雪地延伸。

我的脸颊发烫，用戴手套的手团了个雪球。

雪球扔了出去，并没有到达他身边。然而，写完“I”字母的他似乎下意识看了眼我的方向。

“喂——”

我担心近江只会觉得不高兴，却还是被一股来历不明的热情怂恿，一边大喊一边奔下高台的陡坡。没想到，他竟扯开有力的喉咙，冲我亲切地喊道：

“喂——，不要踩到字哦。”

今天早晨的他，的确与往常不同。他总是把教科书扔在衣帽柜里，回家后也从不碰家庭作业。来学校时习惯把双手插进外套口袋，到学校后，他会三下五除二脱掉外套，赶在整队结束前站到队伍末尾。只有今天早晨不同，他一大早就一个人在这儿消磨时间，不仅如此，他平日只把我当成小孩，对我不屑一顾，今天居然冲我扬起了他独特的、亲切而粗犷的笑容！这个笑容，这口洋溢着青春气息的洁白牙齿，天知道我等了多久。

然而，随着这笑容逐渐靠近，在我眼前愈加清晰，我的心竟忘了方才大喊“喂——”时的热情，充斥着一种无地自容的怯懦。理解阻碍了我。当我明白他的笑容是在掩饰“被理解”的心虚时，这伤害了我，不，准确来说，伤害了我心中一直描摹的他的画像。

看见写在雪地上的硕大名字——OMI（近江）的那一瞬间，我几乎是在无意识中理解了他全部的孤独，连他自己都未必深知的、一大早赶来学校的本质动机。——倘若我的偶像在我面前卑躬屈膝地辩解“我一早来学校是为了打雪仗”，那么，某种比他丧失的尊严更重要的东西，或许会从我的体内丧失。我焦躁不安，意识到必须由我先开口。

“今天怕是打不成雪仗了。”我终于说道，“本以为雪会下得更厚些。”

“嗯。”

他露出一副扫兴的表情。结实的脸颊线条重新变得僵硬，一种刺痛我的轻蔑复苏了。他竭力把我看作小孩子，他的眼睛再一次发出可憎的光芒。我完全没有询问雪地上的字母，对此，他心灵的一部分无疑是感激的，但他试图抗拒这种感激的痛苦，更让我着迷。

“哼，居然戴这种小孩子的手套，真不像样。”

“大人也会戴毛线手套。”

“太可怜了，你还不知道皮手套戴上去是什么感觉吧。——试试看。”

他突然伸出被冰雪濡湿的皮手套，捂住我发烫的脸颊。我躲开了。那生动的肉感却在我的脸颊燃烧，像烙印一般遗留下来。我感到自己用异常清澈的眼神注视着他。

从这时起，我爱上了近江。

如果这种草率的措辞能够被谅解，那么我想说，这是我人生第一场恋爱。并且，是明明白白与肉欲产生关联的恋爱。

我焦急地等待着夏天，至少是初夏的到来。那个季节，会赋予我观察他裸体的机会。此外，我内心深处还怀有更加隐秘的欲求——想看一看他那个“大玩意儿”。

两双手套在我的记忆中混淆，如同电话串了线。这双皮革手套和接下来提到的学校活动日的白手套，到底哪个是真实的记忆，哪个又是虚假的呢？他粗犷的容貌或许与皮革手套更相配。但反过来说，也许正因为他容貌粗犷，白手套才更加适合。

粗犷的容貌——话虽如此，也不过是少年人中混入了一个普通青年的感觉。他只有骨骼秀逸，身高比我们中最高的同学要矮不少。只是，我们学校那套古板的制服有点像海军士官军服。少年尚未发育完全的身体，往往很难将它穿妥帖。只有近江一人穿上制服时，周身洋溢着充实的力量感和某种肉感。应该不止我一个人，会用饱含嫉妒与爱意的目光，透过他藏青色的哔叽[①]制服，窥视肩膀与胸膛的肌肉。

他的脸上始终浮现着某种阴暗的优越感，大概属于越被伤害越强烈的类型。被留级、被驱逐……这些悲惨遭遇，对他

① 一种素色斜纹毛织物，垂坠性良好，通常用以制作学生制服、军服等。

而言似乎象征一种夭折了的意欲。何种意欲？我隐约觉得，他“恶”的灵魂一定在促成某种意欲。这庞大的阴谋，连他自己都未曾充分认识。

说起来，他生了一张圆脸，浅黑色脸颊上耸立着不逊的颧骨。形状姣好、不算太高的丰满鼻子下，有着像是用细线雕刻出来的、形状标准的嘴唇，以及粗犷的下巴。从他的脸上，可以感受到充溢全身的血液的流动。那是一副包裹着野蛮灵魂的皮囊。谁能从他身上期待“内面”呢？能从他身上期待的，不过是我们遗忘在遥远过去的、那个未知的完整模型罢了。

有时他会心血来潮，过来偷看我所读的与年龄不符的艰涩的书籍。通常，我会露出暧昧的微笑，将书本藏好。这并不是因为羞耻，而是因为，我已预测到他会对这些书感兴趣，从而表现出笨拙的一面，接着，他会对自己无意识的完整性感到厌恶。这所有的预测，对我而言太痛苦了。我为渔夫忘却爱奥尼亚[1]的故乡而感到痛苦。

在课堂上，操场上，我不停寻找着他的身影。在这个过程中，我创造了一个完美无缺的幻影。记忆中的他之所以找不出半点瑕疵，也是由于这个原因。小说叙述中必不可少的某种人物特征、某种惹人怜爱的怪癖、某些将人物衬托得栩栩如生

① 古希腊时代对今天土耳其安那托利亚西南海岸地区的称呼。

的缺点，以上种种，记忆中的近江一概没有。相反，我从他身上提取到了无数另外的东西。无限的多样性与微妙的差异。换句话说，我从他身上提取的，大约是生命完整性的定义，是他的眉毛、他的额头、他的眼睛、他的鼻子、他的耳朵、他的脸颊、他的颊骨、他的嘴唇、他的下巴、他的脖颈、他的咽喉、他的脸色、他皮肤的颜色、他的力量、他的胸膛、他的手，以及其他无数的东西。

在此基础上，淘汰产生了，一种嗜好的体系完成了。我之所以无法爱上聪明人，是因为他。无法被戴眼镜的同性吸引，是因为他。我开始热爱力量、血气方刚的形象、无智、粗野的手势、粗鲁的言辞、从未被理智侵蚀过的肉体具备的野蛮的忧郁，也是拜他所赐。

然而对我而言，这难登大雅之堂的嗜好，从一开始在逻辑上就是不可能的。世上大概没有什么比肉体冲动更符合逻辑。一旦开始经由理智互相了解，我的欲望便会立刻衰退。哪怕对方身上存在一点点理智，也会迫使我进行理性的价值判断。在“爱”这样的相互作用中，对对方的要求理应原封不动地变成对自身的要求。因而，期盼对方无智的心，哪怕是暂时的，也在要求我自己彻底“背叛理性”。但这无论如何是做不到的。因此，对于那些肉体尚未被理智侵犯的人，也就是，流氓、水手、士兵、渔夫那样的人，我总是小心翼翼地避免与之交谈，只能以一种热烈的冷淡，站在远处专注地观察他们。或许，唯有言语不通的热带蛮荒之地才是适宜我居住的地方。话说回来，早在幼年时代，我就开始憧憬蛮荒之地暑气灼人的盛夏了……

接下来，要谈谈那双白手套。

我们学校有在活动日戴白手套上学的传统。手腕处的贝壳纽扣泛着忧郁的光，手背处缝着三道惹人冥想的细线。只要戴上这副白手套，我就会想起举行仪式的阴暗礼堂、回家时拿到的盐濑[①]点心盒、万里无云的活动日，以及总是被突然爆发的明朗哄笑打断的仪式进程。

那是个冬天的节日，似乎是纪元节[②]。那天早上，近江也一反常态，早早地来到学校。

离整队还有些时间。把一年级学生从校舍旁的浪木[③]赶开，是二年级学生冷酷的消遣。二年级学生虽然看不起浪木这种孩子气的游戏，骨子里却依然恋恋不舍。硬是把一年级学生赶走，也能兼而得到一种体面，假装自己并非真心实意想玩这个游戏，只是为了嘲讽对方才玩。一年级学生在远处围成圈坐

① 奈良历史悠久的点心铺。
② 日本祝祭日中四大节日之一，“二战”后废除，改为日本建国纪念日。
③ 一种体育器械，以培养儿童平衡感为目的。圆木两端用铁链低低吊起，使之前后摆动。

下，看着二年级学生多少带点表演性质的野蛮比拼——在适度摇晃的浪木上将对方推落。

近江站在浪木中央，张开双足，像被逼到绝境的刺客一般，提防着不断涌现的新敌人。没有哪个同级生是他的对手。已有好几个人跳上浪木，却被他敏捷的身手一一击落，踩碎了晨光下闪闪发光的地冰花[1]。每当这时，近江就会模仿拳击选手，交握着戴白手套的双手，举到额头位置，向观众示好。一年级学生也忘了被驱逐的仇恨，为他加油喝彩。

我的目光追逐着他戴白手套的手。它们移动敏捷，出奇的准确。就像狼或者别的什么年轻野兽的前肢。有时，那双手如利箭般刺破冬季清晨的空气，猛击敌人的小腹。有人甚至腰背着地，摔在地冰花上。击落对手的刹那，为了调整倾斜的身体重心，近江偶尔会在结满冰霜的光滑圆木上挣扎扭动。然而，他灵活的腰部力量又会再次令他摆出那种刺客姿势。

浪木节奏如常，面无表情地左右摆动。

……看着看着，一股不安猛地袭上心头。一股费解的坐立不安的不安。它类似浪木摇晃带来的晕眩感，却又并不是。换句话说，那是精神的眩晕。或许是我害怕内心的平衡因看到他危险的一举一动而被打破产生的不安。这晕眩中尚有两股力量

① 也叫霜柱，在一定天气条件下，在风小、低洼、潮湿而松软的地面，水汽从土壤缝隙向上蒸发凝结形成的自然现象。

争霸，一股是自卫的力量，另一股是更深层次的、更强烈的、企图瓦解我内心平衡的力量。后者是人们屡屡在无意识中委身其中的、那种微妙而隐秘的自杀冲动。

“都是帮胆小鬼，真没劲。还有人敢上吗？”

近江站在浪木上，左右轻轻摇摆着身体，戴白手套的双手叉在腰上。帽檐上的镀金徽章在晨光下闪烁。我从未见过如此俊美的他。

“我来。”

越来越剧烈的心跳已让我准确预测说出这句话的瞬间。我被欲望打败时总是这样。我走向那里，站上浪木，与其说是无法避免的行动，不如说是既定的行动。所以，后来的我才会将自己误认为“意志坚定的人”。

“回去吧，回去吧，你肯定输。”

我在嘻嘻哈哈的嘲笑声中爬上浪木的一端，爬的时候险些滑倒，大伙儿又哄笑起来。

近江一脸戏谑地等着我。他拼命做着鬼脸，不时模仿我滑倒的样子，还摇晃着戴手套的手指取笑我。在我眼中，那挥动的指尖就像危险武器的刀尖，即将刺向我。

好几次交手时，我的白手套和他的白手套贴在一起。每次我都被他掌心的力量推得站立不稳。他或许是想尽情戏弄我，为了不让我输得太快，故意手下留情。

“啊，好险，你小子挺厉害啊。我认输了，马上就要掉下去了——你看。”

他又一次吐出舌头，装作要掉下去的模样。

看着他戏谑的表情，我意识到他即将在不自知中毁掉自己的美。这令我坐立不安、痛苦万分。我被推来搡去，焦急地低下头。近江瞅准这个空隙，伸出右手向我横劈过来。为了不掉落下去，我的右手条件反射地抓住他右手的指尖。手指鲜活的触感，透过包裹着它的白色手套传递了过来。

那一瞬间，我和他四目相对。真的只有一瞬间，他脸上戏谑的表情消失了，洋溢起古怪的率真。某种纯洁无垢的、既非敌意又非憎恨的强烈情感拉响了弓弦。也许是我多心了，那或许只是人被抓住手指，在丧失平衡的刹那露出的无意义表情。但我在两人手指相交时，分明感受到闪电般的战栗。与此同时，我的直觉告诉我，那一瞬间，他从我凝视着他的眼神中得知了一件事——我爱他，只爱他。

我们两人几乎同时从浪木上滚落下来。

我被搀扶起来，扶我的人是近江。他粗暴地拽起我的胳膊，一言不发地拍落我身上的泥土。他的手肘和手套上也沾满了泥，冰晶在泥垢上闪闪发光。

我抬头看他，眼神充满责备，因他正拽着我的胳膊向前走。

我们这拨人从小学起就是同学，举止亲密并不稀奇。有时听到整队的口哨，大伙儿也会勾肩搭背，或是胳膊挽着胳膊向操场赶去。近江与我一同滚下来，在众人眼中，不过是逐渐看厌了的游戏结局。即使我与近江手挽手走路，也不是什么引人注目的风景。

然而，一边搭着他的胳膊一边走路，却让我感到无上的欢喜。或许因为生来病弱，我所有的喜悦都混杂着不祥的预感。但他的胳膊是那么强而有力，那种压迫感顺着我的胳膊蔓延至全身。真想就这样走到世界尽头。

然而，一到操场，他就草草松开我的手，走到自己的位置，再不朝我的方向看第二眼。近江与我之间隔了四个人，仪式过程中，我不止一次地对比着自己白手套上的污垢与他白手套上的污垢。

对自己这种对近江毫无来由的倾慕之心，我没有施以意识的批判，更没有施以道德的批判。若我开始谋求意识上的集中，那么我早就不在其中了。如果世上真有不存在持续与发展的恋情，对我而言就是这一场。我看近江的眼神永远是“最初的一瞥”，也可以说是“世界形成之初的一瞥”。无意识的操作参与其中，在不断的侵蚀作用中，保护着我十五岁的纯洁。

这是恋爱吗？这种恋爱乍见之下保持着纯粹的形式，之后也反复上演了好几回。它具备独特的堕落与颓废。这是比世俗之爱的堕落更邪恶的堕落。在世上所有的颓废中，颓废的纯洁也是最恶劣的颓废。

然而，在这场对近江的暗恋里，在人生第一场恋爱中，我真的就像一只小鸟，把天真无邪的肉欲隐藏在翅膀之下。使我困惑的并非获得的欲望，而是纯粹的“诱惑”本身。

至少在学校时，尤其是在无聊的课堂上，我的眼睛总是无法离开他的侧脸。爱是索求，也是被索求，对于不清楚这一点的我来说，除了目不转睛地盯着他看，还能做什么呢？对我而言，爱不过是以谜语的形式交替进行的小小的谜语问答。我甚至从未想象过，自己这种倾慕之心，将会以何种形式得到报偿。

所以，我明明感冒没有多么严重却还是向学校请了假。直到第二天上学，我才意识到那天刚好是升入三年级后第一次春季体检。体检当天请假的两三个人准备去医务室，我也跟着去了。

阳光洒进屋内，煤气暖炉似有若无的蓝色火焰在阳光中燃烧。屋子里满是消毒水的气味。往日的体检总是在裸体少年的你推我搡中氤氲出一股蒸牛奶般的浅桃色甜香。此时却半点也嗅不到那股气息。我们几个人瑟缩着身子，默默脱掉了衬衫。

一个和我一样总是感冒的瘦削少年站在体重计上。盯着他生满汗毛的、白皙而贫瘠的后背，我的记忆突然苏醒了。我想起自己每日每夜都想看近江的裸体，欲望是如此强烈。体检这般绝佳的机会，我竟从未想到过，实在太愚蠢了。机会已然错过，唯有等待下一个渺茫的时机。

我脸色发白。因感受到一种类似寒意的悔恨，裸体生出一片惨白的鸡皮疙瘩。我用呆滞的目光，盯着自己纤瘦的胳膊上水痘疫苗留下的丑陋疤痕。我的名字被叫到，体重计宛如绞刑台，告诉我行刑时刻已到。

“三十九点五！”

曾是医护兵的助手对校医说道。

“三十九点五。”校医一边在病例上记录一边自言自语，“至少也该达到四十公斤啊。”

每次体检，我都要被迫品尝这种屈辱。然而今天却觉得有几分安心，因为近江不会在身旁看着我受辱。瞬间，这份安心成长为喜悦……

“下一个！”

助手冷酷地推了一把我的肩膀，我却没有像平时那样，用厌恶、愤怒的眼神回瞪他。

然而，我的初恋究竟会以何种形式终结？虽然模糊，但我不是没有预测过。这预测带来的不安，或许才是我快乐的核心。

初夏的一天，那天堪称是夏日的模板，也可以说是夏日的舞台彩排。为了真正的夏季到来时万无一失，夏日的先驱仅用一日，就把人们的衣柜检查了一遍。检查通过的标志，就是人们只在那天穿上了夏季衬衫。

天气如此炎热，我却患了感冒，弄坏了支气管。为了体操时能“见习”（就是不做体操，只在一旁看着），我和吃坏肚子的同学一起去医务室拿诊断书。

拿到后返回体操场，我们两人尽量放慢脚步。去医务室是迟到的绝佳借口，而且旁观他人做体操也够无聊的，我们想尽可能缩短这无聊的时间。

“好热呀。”

我脱掉制服外套。

“别这样，你还在感冒呢。当心他们把你抓去做体操。”

我连忙穿回外套。

“我是吃坏肚子，所以没关系。”

这回，朋友像炫耀一般脱下了自己的外套。

走进体操场后，发现墙壁的钉子上挂满脱下的夹克衫，其中甚至有衬衫。我们班那三十几个人，聚在体操场对面的单杠下。以阴暗雨天的体操场为前景，户外的沙坑和单杠下的草坪异常明亮，像燃烧起来一般。我像往常一样，为自己的病弱感到自卑，闹别扭似的咳嗽着，往单杠走去。

瘦弱的体操老师连看也不看，就从我手里拿过诊断书。

“接下来，我们做引体向上。近江，给大家做个示范。”

我听见同学们小声喊近江的名字。他经常在做操时不知所措，不知在做些什么。此时，绿叶摇曳，日光闪烁，近江慢腾腾地从树荫下走了出来。

我一见到他，心里就难以平静。他脱掉了衬衫，只穿一件纯白的无袖背心。微黑的皮肤将纯白的背心衬托得格外洁净，仿佛老远就能嗅到洁白的清香。清晰的胸部轮廓和两个乳头，宛如石膏上的浮雕。

“引体向上吗？”

他反问老师，语气粗鲁但充满自信。

“嗯，没错。”

接着，近江表现出体格完美的人常有的不屑的慵懒，缓缓朝沙坑伸出手。他用下方潮湿的细沙涂满手掌，然后站起来，粗鲁地摩擦着手掌，眼睛盯着头顶的单杠。眼神中闪烁着渎神者的决心。五月的云和蓝天偶然落进他的瞳孔里，它们的倒影寄宿在这片轻蔑的凉薄中。他完成了一个连贯的跳跃，忽然，两只适合文上船锚刺青的胳膊将他的身体吊在单杠上。

“哇！——”

同学们的赞叹声迟了一步才传来。一种并非针对他力量的赞叹涌进每个人的心中。那是针对青春、针对生命、针对优越的赞叹。他裸露的腋窝下丰饶的毛发令他们震惊。少年们大约是第一次见到，如此茂盛的、看上去几乎是不必要的、如夏季草丛般浓密的毛发。腋毛长满了近江深邃的腋窝，甚至蔓延至胸部两侧，就像盛夏的杂草并不满足于覆盖庭院，非要从石头台阶里生长出来一样。这两团黑色草丛沐浴着阳光，散发出耀眼的光泽。那附近的皮肤出人意料的白皙，如同白沙地般通透。

他的两只胳膊结实地隆起，肩膀肌肉如夏日的云一般鼓胀起来，腋窝下的草丛就被叠进阴影中看不到了，高高抬起的胸部摩擦着单杠，微微战栗着。他就像这样，重复做着引体向上。

生命力，生命力无益的澎湃降服了少年们。生命中某种过度的感觉，暴力性的、完全为了生命自身否则无法解释的无目的感，一种不快且疏远的充溢感将他们压倒。一种生命，在近江不知情时潜入了他的肉体，企图占领他、攻破他，从他的体内溢出，每时每刻凌驾于他之上。在这一点上，生命类似疾病。他那被粗暴的生命侵蚀的肉体，仿佛只是为了不惧传染疯狂献身而存在于世。对于惧怕传染的人来说，这具肉体看上去就像一种责难。——少年们踉跄着后退。

我和他们一样，却多少有些不同。我（这场面足以使我面红耳赤）在看见他茁壮腋毛的那一瞬间，就开始 erectio[①]。担

① 拉丁语，意为“勃起”。

心春季的薄裤子掩饰不了一切。除却这份不安，此刻占据我内心的也不仅是纯洁无垢的欢喜。我朝思暮想的就是这个，但一见之后产生的冲击，反而发掘出另一种意想不到的感情。

那是嫉妒——

像完成某项崇高的任务一般，我听见近江的身体扑通一声落在沙地上。我闭上眼，摇了摇头，对自己说，我已经不爱近江了。

那是嫉妒，强烈的嫉妒，强烈到使我主动放弃了对近江的爱。

或许这件事，也与我那时萌生的斯巴达式自我训练法[①]有关。（写这本书也是这种要求的一种体现）幼年时代的病弱与溺爱，使我成了一个不敢直视他人面孔的孩子。从那时开始，我就被“必须变强”这一准则[②]附身了。为了训练自己，我在上下学的电车上盯着任意一位乘客的脸看。多数乘客被一个纤弱苍白的少年盯着看时，并不会感到害怕，而是不耐烦地转过脸去。回瞪我的人也不多。一旦对方别过脸去，我就认为自己赢了。就这样，我渐渐变得能够直视他人的面孔……

① 这里指严格的训练方式，源于古希腊斯巴达训练战士时采取的以简朴、刻苦、尚武为特征的严格教育方式。

② 伦理学上指决定行为的主体性原理。

自认已放弃爱的我，暂时忘却了我的爱。乍看之下不切实际，但我确实忘记了爱最显而易见的标识——erectio。事实上，勃起永远在无意识中发生。独自一人时，它诱发的那种“恶习”也总是在无意识中进行。关于“性”，我已具备与普通人一样的知识，但还没有为自己的差别感到苦恼。

话虽如此，我并不认为自己脱离常规的欲望是正常或正统的，也不相信每个同学都怀有和我同样的欲望。更令人惊讶的是，因为沉迷于阅读浪漫故事，我如同不谙世事的少女一般，把所有风雅的幻想寄托在男女恋爱与婚姻之上。我把对近江的爱扔进了谜题堆里，如同遗弃的垃圾，再不做深究。现在的我，无论是写下“爱”字还是写下“恋”字，内心都毫无波澜。我做梦也想不到，这种欲望竟然与我的“人生”有如此重大的关联。

然而，直觉要求我孤独。它作为一种莫名且异样的不安——前文已讲过，幼年时的我对成为大人感到强烈的不安——出现。我的成长总是伴随异样且尖锐的不安。孩子的个子长得飞快，每年都必须把裤脚放长。那个年代习惯在缝制裤子时，把长长的裤脚掖进衣褶缝好。每个家庭都会用铅笔在柱子上标记孩子的身高，我家也不例外。这种事，通常发生在起居室，全家人面前。每当我长高，家人们就会取笑我，或是单纯地感到高兴。我勉力挤出笑容。但我对于长得像大人般高大，总是怀有某种可怕的预感。对未来模糊的不安，一方面提高了我脱离现实的幻想能力，另一方面又迫使我习得逃往这种幻想的“恶习”。不安准许了它们的存在。

“你肯定活不过二十岁。”

朋友们看我羸弱，故意取笑道。

“你说得太过分了。”

我苦笑着板起脸，却奇怪地从这句预言中感受到甜蜜而伤感的沉溺。

“打赌吗？”

“那样的话，我只能赌自己活下去了。”我答道，“要是你赌我会死的话。”

“是呀，真可怜。你肯定赢不了。”

朋友带着少年人特有的残忍，重复了一遍。

并非只是我一个人，同年级的朋友皆是如此，我们的腋窝还看不到如近江那般茂盛的毛发，只有一点点腋毛探出脑袋，如残株上的嫩芽。因而此前，我从未特别关注这个部位。使它变成我的固定观念的，无疑是近江的腋窝。

泡澡前，我会在镜子前站立许久。镜子冷淡地映出我的裸体。我就像一只坚信自己长大后会变成白天鹅的丑小鸭。这与那个童话故事英勇的主题恰好相反。我看着镜中自己与近江截然不同的样子，纤薄的肩膀、瘦削的胸脯，从中硬是找出了某种期待，总有一天，我的肩膀会变得和近江的一样，我的胸脯也会变得和近江的一样。然而，薄冰般的不安依旧遍布我心灵的角角落落。那与其说是不安，不如说是一种自虐性的确信。如神谕一般的确信——“我绝不可能和近江一样。”

元禄[①]时期的浮世绘，总是将相爱男女的容貌画得惊人相像。希腊雕刻中普遍的理想之美，也是男女相似。这其中是否包含一种爱的奥义？爱的深处，是否流淌着一股想变得与对方一模一样的不可能的热望？这热望是否驱使着人类，将不可能从相反的极端变成可能，从而走上悲剧性的反叛之路？换言之，既然相爱的两人无法变得完全相似，索性就让二者变得毫不相似。心灵的某处是否存在这样一种系统，使这种反叛完整地作用于谄媚？并且可悲的是，相似只是瞬间的幻影。为何这么说？因为，热恋的少女纵使变得勇敢，热恋的少年纵使变得内向，他们为了与对方相似，总有一天会越过彼此的存在，向彼岸——已不存在对象的彼岸——飞去。

对照上述奥义，那种强烈到令我主动放弃爱意的嫉妒，依旧是爱。我爱着自己腋窝下那片，缓慢地、小心翼翼地、一点一点发芽生长、逐渐变黑的“与近江相似的东西”……

---

① 元禄，日本年号，指公元1688—1704年，是德川家第五代将军纲吉统治的治世。

暑假到了。对我而言，这是等待了许久却老也不肯结束的幕间休息，是日盼夜盼却叫人坐立不安的宴席。

自患上轻微的小儿肺结核后，医生就禁止我接触强烈的紫外线。我不能把身体暴露在海滩上，接受超过三十分钟的日光直射。每当打破这条禁忌，就会立刻遭到发烧的报应。由于不能参加学校的游泳课，直到现在，我也不会游泳。考虑到后来在我体内执拗地生长的、不时令我神思恍惚的“海的蛊惑”，我不会游泳其实充满暗示性。

话虽如此，那时的我还未邂逅大海难以抗拒的诱惑。夏季从头到尾就不适合我，却又用不知名的憧憬挑唆着我。为了使这个夏天不至于太过无聊，我和母亲、弟弟妹妹去了A海岸消夏。

……回过神来，发现只有我一个人被留在巨石之上。

方才，我与弟弟妹妹沿着海岸，寻找岩石间游动的小鱼，不知不觉走到这块巨石旁。因为没有找到理想的猎物，年幼的弟妹开始感到厌烦。此时，女佣来接我们去有遮阳伞的海滩，和母亲待在一起。我不知为何露出不悦的表情，不愿跟她走。于是，她带走弟妹，只把我一人留下。

夏日正午的太阳不停对海面扇着耳光。整个海湾是巨大的晕眩。夏日的云层半边身子扎进海里，以一种雄伟、悲壮的预言家姿态耸立在海中央。云的肌肉像雪花大理石一样苍白。

两三艘游艇、小船从沙滩驶出，和几艘渔船在海面徘徊。除了船上的乘客，看不见其他人影。精致的沉默笼罩在一切之上。轻柔的海风像快活的昆虫，在我的耳边故作神秘地挥动着看不见的翅膀，仿佛要告诉我微妙的秘密。平坦柔顺的岩石向海面倾斜，构成了这一带的海岸。如我身下这般姿态险峻的巨岩，余下也只有两三处而已。

浪打了过来，不安的绿色隆起从海中央滑过海面而来。突向海面的低矮岩群溅起高高的飞沫，像求救的白手。它们抵抗着海浪的冲击，同时沉浸于深深的充溢感，似乎梦到了脱离束缚的浮游。然而，绿色的隆起突然离开它们，以同样的速度向海岸滑来。接着，某种东西从那片绿色帐幔中苏醒、起立。浪也随之起立。砍落的瞬间，巨大的海洋之斧那已开刃的锋利侧面，毫无保留地展现在我们面前。这深蓝的断头台手起刀落，溅起白色的血沫。浪尾追逐破碎的浪头奔腾而来，落下的瞬间，浪的脊背映照出不属于世间的蓝色，如同临终之人瞳孔里映出至纯的蓝天。——一连串饱经侵蚀的岩石总算从海中露出身影。海浪袭击的瞬间，它们隐身于飞溅的白色泡沫中，余波退却之时，又显得无比绚烂。我坐在巨石之上，看见寄居蟹在眩晕中摇摇晃晃，身子一动不动了。

对近江的回忆，立刻与孤独感混杂在一起。那是这样一种感觉。近江充满生命力的孤独、生命束缚他时产生的孤独，令我无比憧憬。这憧憬使我想效仿他的孤独，我想以近江的方式，享受现在这种表面看来与他稍稍类似的孤独，面对汹涌大海时产生的空虚的孤独。我应该一个人扮演我和近江两个角色。为此，我必须找出与他的共通之处，哪怕一星半点也好。我幻想着如此一来，我就可以代替他，把他自身都不曾意识到的孤独视为充满快乐的感受，从而有意识地行动。我看到近江后的快感，最终会变成近江自身的快感。我本可以实现这幻想。

自从被圣塞巴斯蒂安的画迷住，我就养成了一个习惯。每当赤身裸体时，总会无意识地双手交叉，举在头顶。我的肉体瘦弱贫瘠，半点找不出圣塞巴斯蒂安丰丽的影子。此刻，我不知不觉做起了这个动作，紧接着，我把目光移向腋窝。某种难以理解的情欲涌了上来。

伴随着夏天的到来，我的腋窝开始出现黑色草丛的萌芽，当然，比不上近江的。这是我与近江的共通之处。这情欲显然有近江的参与。但我也并不否认，我的情欲针对的是我自身的那个部分。那时，令我鼻孔微微战栗的海风、热辣辣照着我裸露肩膀与胸脯的夏日的烈阳、环顾四周半个人影也没有的环境，一切的一切促成了蓝天之下的第一次“恶习”。至于对象，我选择了自己的腋窝……

不可思议的悲哀令我浑身颤抖。孤独像太阳一般炙烤着我。藏青色的棉毛内裤不快地贴在我的小腹。我慢吞吞地爬下岩石，把双脚泡进岸边的海水。余波冲刷下，我的脚像死去的白色贝类。海底镶满贝壳的石板，在荡漾的波纹下清晰可见。我在水中跪了下来，此时，破碎的海浪嘶吼着向我扑来，撞上我的胸膛。我任由自己被飞溅的水沫包裹。

海浪退却时，我的污秽也被洗刷殆尽。无数的精虫被退却的海浪带走，与浪中无数的微生物、无数的海藻种子、无数的鱼卵等诸生命一起，卷入汹涌澎湃的海洋，涌向远方。

秋天到来，新学期刚刚开始，近江却不见了。告示板上贴着开除学籍的处分。

于是，如同僭主[①]死后的人民一般，我的同学开始喋喋不休地清算他的恶事。被他借去十日元却没有归还、被他笑嘻嘻夺走进口钢笔、被他勒住脖子……似乎每个人都领教过他做的坏事，唯有我对他的恶一无所知。这使我嫉妒得发狂。我的绝望因他的开除理由并没有确凿定论而得到些许安慰。关于近江被开除的原因，就连每个学校都有的消息灵通的学生，也打听

① 古希腊通过非法途径取得统治权的独裁者。

不出令众人信服的理由。当然，老师也只是冷笑着说，近江做了“坏事”。

只有我，对他的恶怀有一种神秘的确信。他一定参与了某个连他自己都没有充分认识到的巨大阴谋。这种被他“恶”的灵魂促成的意欲，才是他活着的价值，是他的宿命。至少我是这么认为的。

……接下来，这“恶”的含义开始在我体内变化。它促成的巨大阴谋、具备复杂组织的秘密结社、井然有序的地下战术，必然是为了某个不知名的神灵而存在。他信奉这位神灵，试图改变人们的信仰，却被人告发，被秘密处决。他在某个傍晚被人剥去衣物，带至山丘的杂树林。他的双手被高高地绑在树上，第一支利箭射进他的小腹，第二支利箭贯穿他的腋窝。

我继续想象着。如此看来，再没有什么画面，比近江做引体向上时抓住单杠的样子，更容易让人联想起圣塞巴斯蒂安了。

* * *

初中四年级时，我患了贫血症。脸色渐渐苍白，双手露出草青色。爬完长楼梯后，必须蹲下休息一会儿。白雾般的龙卷风在我的后脑着陆，在那里穿了一个洞，险些让我昏死过去。

家人带我去看医生。医生说是贫血症。那是个亲切有趣的医生。家人询问什么是贫血症时，他说要边看参考书边解释。看诊结束后，我就坐在医生身旁。家人在医生对面。我可以瞄到医生朗读的书页，家人是看不到的。

“……那个，接下来聊聊病因。就是得这个病的原因。大多数的病因是‘十二指肠钩虫[①]’，少爷可能也是这样，需要检查一下粪便。还有就是‘萎黄病[②]’，这个不多见，而且是女人得的病……”

接着，医生跳过了一个病因，他嘴里嘟囔了一阵儿，就把书合上了。然而，我却看到了他跳过的那个病因。那是“自渎[③]”。我感到心脏因羞耻而跳得飞快。医生把什么都看穿了。

医生给我开了砒霜针剂，这种毒素的造血作用花了一个多月将我治好。

但是，谁又能知道呢？与我血液的缺乏产生异样关联的，正是我对血液的渴求。

天生的气血不足，在我体内种下了渴望流血的冲动。然而，这种冲动使我体内的血液丧失得更快，令我更加渴望鲜血。我日夜生活在这种渴望里，日渐消瘦，它锻炼并磨砺了我的想象力。那时，我尚不了解萨德[①]的作品，却凭借自身对《君

---

① 寄生于人体小肠的寄生虫，以血液、淋巴液等为食，容易引起消化系统紊乱。

② 缺铁性贫血。

③ 手淫的另一种说法。

① 法国作家，以色情和哲学书籍闻名，成名作为《索多玛的一百二十天》。

往何处去》[2]里描写的罗马角斗场的感悟，创造了自己的杀人剧场。在那里，年轻的罗马角斗士仅仅为了消遣，就能献出自己的生命。死必须是鲜血横流、极具仪式感的。所有形式的死刑和刑具都令我兴致勃勃。因为看不到鲜血，我对刑讯工具和绞刑台敬而远之，也不喜欢手枪、步枪等使用火药的凶器。会尽可能选择原始而野蛮的道具，诸如弓箭、短刀、长枪。为了延长痛苦，我会攻击腹部。牺牲者必须发出绵长的、悲哀的、凄惨的、令人感受到难以言状的孤独的呐喊。然后，我生命的欢喜就会从体内最深处燃烧起来，最终以呐喊回应他们的呐喊。这不正是古代人狩猎的欢喜吗?

希腊的士兵、阿拉伯的白人奴隶、蛮族的王子、酒店的电梯服务生、男侍者、流氓、军官、马戏团的年轻人，统统被我幻想中的凶器虐杀。我就像那个蛮族的侵略者，因不懂爱的方式，总是错误地杀害所爱之人。我亲吻他们倒地后还在一张一合的嘴唇。轨道的一端固定好了刑架，另一端吊着用十几把短刀插出人体形状的厚木板，顺着轨道滑过来。这是我基于某种暗示发明的刑具。在死刑的工厂里，贯穿人体的机床昼夜不停地运转着，血浆添加甜味剂后封装在瓶中出售。众多牺牲者被反绑双手，送往我这个初中生脑里的罗马角斗场。

---

② 波兰作家显克微支（1846—1916）的历史小说，讲述罗马暴君尼禄的故事。

刺激逐渐增强，我产生了一个人所能产生的最坏的幻想。这幻想的牺牲者依然是我的同学，一位擅长游泳、体格出奇优越的少年。

那里是地下室。一场秘密的宴会正在举行。纯白的桌布上，典雅的烛台熠熠生辉，银制刀叉摆在餐盘两侧。桌上装饰着宴会常有的康乃馨盛花[①]。奇怪的是，餐桌中央的空白位置却过于宽大。之后必然要运来异常巨大的餐盘。

“还没好吗？”

一名食客问我。灯光太暗，看不清他的脸，但声音是位庄严的老者。说起来，所有食客的脸都藏在黑暗中，看不清样貌。只有灯光下伸出的白手，操纵着银光闪烁的刀叉。空气中不时飘荡着私语声，既像小声聊天的声音，又像自言自语。除了时而响起椅子嘎吱嘎吱的摩擦声之外，没有其他突兀的声音。是场阴气森森的宴会。

“我想，就快好了。”我答道。

回应我的是阴郁的沉默。看起来，大家对我的回答并不满意。

“我去看一下。”

我站起身，打开厨房的门。厨房一角有一道通往地上的

---

① 一种插花形式，多使用水盘、竹篮等具有开阔平面的花器。

台阶。

“还没好吗？”

我问厨师。

“什么？就快了！”

厨师不高兴地切着菜叶之类的东西，头也不抬地回道。厚木板做成的烹饪台有两个榻榻米大小，上面空无一物。

台阶上传来谈笑声。抬眼看去，另一个厨师挽着我那位健壮的同学走了下来。少年穿着普通的长裤、领口敞开的藏青色马球衫。

“啊，是B君啊。”

我若无其事地招呼道。他下完台阶，保持着双手插兜的姿势，冲我调皮地笑了笑。突然，厨师从后面跳上来，勒住少年的脖子。少年激烈地反抗着。

“……是柔道的招数吗？……应该是柔道的招数。……怎么说的来着？……对了……勒住脖子……不会让人死亡……只会昏过去。”

我一边思考，一边围观惨烈的战斗。少年突然在厨师健硕的臂弯里垂下了脑袋。厨师满不在乎地将他抱起，放到烹饪台上。另一个厨师凑了过来，用公事公办的手势脱去他的马球衫，摘掉手表，剥掉裤子。少年被眼睁睁剥光衣物。赤身裸体的少年嘴唇微张，仰面躺着。我与那张嘴接吻了许久。

“要仰着还是趴着？”

厨师问我。

“仰着吧。”

我回答。因为那样能看见他如盾牌一般的琥珀色胸膛。另一个厨师从架子上取下恰好能装下一整个人体的西式餐盘。那是个古怪的盘子，两边盘沿各有五个小洞，总共十个小洞。

“嘿——咻。”

两名厨师将失去知觉的少年仰面放在餐盘上。厨师快乐地吹起口哨，用细麻绳穿过两侧的小洞，紧紧捆住少年的身体。他们手速飞快，显得十分熟练。裸体周围精心摆放了一圈巨型沙拉菜叶。盘子里还添了一副特大号的铁制刀叉。

“嘿——咻。”

两名厨师抬起盘子，我打开食堂的门。

迎接我的是善意的沉默。餐桌上的空白部分在灯光下白得发亮，他们把餐盘放上去。我返回自己的座位，从巨型餐盘旁拿起特大号的刀叉。

“从哪里开始切呢？”

没有人回答，但我感到许多张脸凑到了餐盘跟前。

“从这里开始吧。”

我把叉子戳进心脏，鲜血从正面喷了我一脸。我开始用右手的小刀，缓慢地将胸脯的肉切成薄片……

贫血虽然痊愈，我的“恶习”却愈演愈烈。上几何课时，最年轻的老师——几何老师A的脸让我百看不厌。听说他做过游泳教练，面部肤色像被海边的太阳曝晒过，声音像渔夫那般粗犷。那是冬天，我把一只手伸进裤子里，另一只手把黑板上的板书抄在笔记本上。写着写着，我的眼睛离开了笔记本，不自觉追随A的身影。A用朝气蓬勃的声音反复讲解着几何难题，时而走上讲台，时而走下讲台。

官能的烦恼已入侵了我的一举一动。不知不觉间，年轻的教师在我眼前幻化成裸体的赫拉克勒斯[①]雕像。他一边移动着左手的黑板擦，一边伸出右手，用白色粉笔书写方程式。他后背聚拢的衣服褶皱，在我眼里变成了《射箭的赫拉克勒斯》[②]肌肉的褶皱。最终，我在课堂上犯下了“恶习”。

课间休息时，我低着头，晕晕乎乎走到操场。我的——也是暗恋，也是留级生——恋人走过来问我。

“喂，你昨天去了片仓家吊丧吧。什么情况？”

片仓的葬礼是前天举行的。他是个温柔的少年，死于结核病。我听朋友说，他死后的容颜面目全非，像恶魔般可怕，我

---

① 希腊神话中最著名的英雄（大力神），众神之王宙斯之子，天生力大无穷。

② 法国雕塑家布尔德尔（1861—1929）的作品。

是估摸着人已经火化后才去吊丧的。

“还能怎么样，人都已经化成灰了。”我唯有冷淡地答道。突然，我想起有人让我转告的客套话，“啊，对了。片仓的妈妈要我向你问好，还说接下来的日子会很寂寞，请你一定去家里玩。”

“浑蛋。”——我被突如其来却含带温存的力量击中心口，吓了一跳。我的恋人因少年人特有的羞赧脸颊烧得通红。他的眼睛闪闪发光，包含着一种将我视作同类的陌生的亲切。“浑蛋。”他又说了一遍，“你小子也学坏了呀。笑得那么不怀好意。”

我一时弄不懂他的意思，唯有配合地笑了笑，我愣了三十秒左右，终于明白了。片仓的母亲还年轻，是位身材窈窕的漂亮寡妇。

比起这个更让我沮丧的是，我之所以理解得这样迟，未必是因为我的无知，而是因为我与他关心的地方明显不同。我感受到的显而易见的距离感，理应能让我预见这一切，但我依旧察觉得那么迟，这令我震惊，也令我后悔不已。我并未考虑片仓母亲的话会让他出现什么反应，下意识地认为转告给他这些只是对他的客套。这幼稚本身的丑陋，如孩子哭泣后干涸的泪痕一般的丑陋，让我绝望。为什么不能这样下去？这个问题我已经问了自己百万遍，实在没有气力再问。我厌倦透顶，明明是纯洁之身，却承担了品行败坏的恶名。视我努力的程度而定（我说得多么小心谨慎！），我或许也能从这样的状态脱离出来。我尚不知道，自己现在厌倦的显然是人生的一部分。还在努力相信我厌倦的只是幻想，并非人生。

我从人生那里收到了出发的催促。从我的人生出发吗？退一万步说，纵使并非我的人生，我也到了不得不迈出沉重的脚步，向前出发的时候。

第三章

世人都说人生如戏，但像我这般在少年时代即将结束时就被“人生如戏”这个意识困住的人，恐怕不多。这虽然已是一个明确的意识，但总混杂着些许质朴与青涩，因而我内心的某个角落依然怀疑，其他人并不会像我这样朝着人生出发，心灵的七成还是劝服自己相信，任何人的人生都是这样开始的。我天性乐观，相信只要表演结束，幕布就会落下。之所以假设自己会英年早逝，也与此有关。然而到了后来，这种乐观主义，不，应该说是幻想，却遭受了残酷的报复。

为了慎重起见，我必须补充一点。接下来我想说的并非寻常的“自我意识”的问题，而是单纯的性欲问题。除此之外，我并不想多谈什么。

差生之所以是差生，原本就与先天的素质有关。我为了像普通人那样升入高年级，采取了权宜之计。也就是在考试时，不管三七二十一，把朋友的答案偷偷抄写下来，再若无其事地提交上去。这种比作弊更缺乏技术含量、更厚颜无耻的方法，有时也能收获表面意义的成功。一个人升入高年级后，课程继续深入的前提，是低年级掌握的知识。只有他一个人什么都不懂。即使听课也听不明白。此时，他只有两条路可走：一条是堕落到底，另一条是拼命地不懂装懂。选择哪一条，取决于他的软弱和勇气的性质，而非分量。因为无论走哪条路，都需要等量的软弱和等量的勇气。并且，都需要对懒惰抱有诗一般的持续性渴求。

某天，我加入了一伙同学。我们成群结队地走在学校的围墙外，边走边打闹，聊不在场的某个同学，说他喜欢上了往返学校公共汽车上的女售票员。八卦消息聊到最后，变成了讨论女售票员到底哪里好的老生常谈。于是，我故意冷淡地甩出一句话：

“肯定是那件制服呀，完美贴合她的曲线。”

当然，我完全没从女售票员身上体会到这种肉感的魅惑。类推——纯粹的类推——加上我这个年纪特有的，想像大人那样用冷漠好色的目光看待事物的虚荣，促使我说出了这句话。

众人的反应有些激烈。这群人是帮稳健派，在校时表现良好，行为举止也挑不出错处。他们异口同声地说：

“真看不出来，你小子有两下子嘛。”

“要不是经验丰富的老手，肯定说不出这么一针见血的话。”

“你这家伙，深藏不露哇。”

听到这种天真无邪又令人感动的评价，我感到这剂药下得有点猛了。即使要说相同的话，也有不那么露骨的朴实说法。那样或许显得更有涵养。所以我反省了自己，应该再斟酌一下措辞。

十五六岁的少年在进行这种与年龄不符的意识操作时，最常陷入的误区就是，以为自己正在建立的观念比其他少年坚定许多，因而能够操控意识。其实不然。我的不安，我的不确定，不过是因为比任何人更早要求限制意识。我的意识不过是错乱的工具，我的操作不过是不确定的、随意的估量。根据斯蒂芬·茨威格① 的定义，“所谓恶魔性，是生来根植于所有人体内的，驱使着人们向外逃逸、超越自己、走向无限的不安（Unruhe）”。并且它“宛如自然从过去的混沌中，将某种不应去除的不安留在我们的灵魂中”。这不安的部分带来紧迫感，“试图还原成超人性的、超感觉的要素”。在意识只具备解说功效时，人类自然而然，也就不需要意识了。

我半点也没从女售票员身上感到肉体的魅惑，却基于纯粹的推论和惯性的加工有意识地说了那句话。这令朋友们惊讶，令他们羞红了脸颊。眼看着他们在青春期敏感的联想力作用

---

① 斯蒂芬·茨威格（1881—1942），奥地利小说家、诗人、剧作家，代表作《一个陌生女人的来信》。

下，从我的话中感受到隐约的肉感刺激，我心中理所当然地涌起促狭的优越感。但我的心并没有止步于此。这次该轮到我自己被骗了。优越感采用了有失偏颇的清醒法。运作路径如下：一部分优越感变成自恋，化作自以为比他人领先一步的酩酊。这酩酊的部分一旦先于其他部分清醒，其他部分即使没有清醒，也会犯下估算错误，认为所有一切已被唤醒。因而，“领先他人一步”的酩酊被修正成“不，我与大家一样都是普通人”的谦虚，又因为误算，细化成“是呀，在所有方面，我和大家一样都是普通人”。（尚未清醒的部分支持着这种细化，将其变为可能。）最终，引导出一个狂妄自大的结论——“谁都是这副德行”。意识不过是错乱的工具，却在此处高效地工作着……如此这般，我完成了对自我的暗示。这种自我暗示，这种非理性的、愚蠢的、虚假的、连我自己都明显意识到是欺瞒的自我暗示，从那时开始，至少占据了我百分之九十的生活。我想，世上应该再没有人比我更容易被鬼神附身了。

读到这里的人应该明白吧。我之所以能用稍稍肉感的措辞形容公交车女售票员，理由再简单不过。只有这一点我没有察觉到——这理由实在单纯，不过是我对女人的事，完全没有其他少年那种先天的羞耻感罢了。

为了避免有人诽谤我是用现在的想法分析当时的自己，现引用一段我十六岁时写的文字：

……陵太郎毫不犹豫地加入了那些陌生的同学。他的举止有些活泼——或者说，故意表现得活泼。他坚信那种莫名的忧郁和倦怠已被囚禁了起来。信仰最优良的要素——盲信，将他置于炽热的静止状态。他一边参与着不得要领的玩笑和恶作剧，一边不断地想……“我现在一点也不郁闷，一点也不无聊。”他把这个过程称为“忘却忧郁”。

周围的人总是在怀疑自己是否幸福，是否算得上开朗。并为这疑问感到烦恼。正如疑问这一事实理所当然存在一般，这也是幸福的、正当的存在方式。

然而，陵太郎独自认定自己是“开朗的人”，并将自我置于确信中。

按照这个顺序，大家的心也逐渐偏向他所谓“确实的开朗”。

最终，那些模糊但真实的东西，被狠狠地关进虚伪的机械中。机械开始大力运转。人们并未意识到，自己正置身于“自我欺骗的小屋”……

“机械开始大力运转……”

机械开始大力运转了吗？

少年时代的缺点，就是相信只要把恶魔英雄化，恶魔就会对我们满意。

总而言之，我到了不得不向人生出发的时刻。我针对这场旅途的预备知识，首先来自众多小说、一本性学典籍、与朋友轮流传阅的小黄书、野外演习时每晚从朋友嘴里听来的稚嫩的淫词秽语……灼热的好奇心是比以上种种更加忠实的旅伴。启程的姿态也是如此，决心成为“虚伪的机械”就是最上乘的姿态。

我详细研究了许多小说，调查我这个年龄段的人是如何感受人生，如何与自我对话的。我没有住校，不曾加入运动部，而且我们学校的人多数是假正经，过了无意识地玩“抓蛋游戏”的年纪后，就很少涉足下流问题，再加上我是个极端内向的人。这些情况决定了我很难用面对面交流的方式调查。我只能从一般原则出发，推测出“我这个年龄的男孩”独处时会有什么样的感受。在灼热的好奇心这一方面，我们似乎迎来了完全相同的青春期。一旦到了这个时期，少年们脑子里总是想着女人，脸上冒出青春痘，头脑始终恍惚，偶尔写一些绵软甜蜜的诗歌。性学研究书籍总是频繁地提起自渎的危害，而有些书也写了并没有多大危害，请不必担心。由此可见，从这一时期开始他们就热衷于自渎。这一点，我与他们完全相同！虽说相同，犯下恶习时内心的对象却是明显不同的，但我的自我欺瞒决定忽视这个问题。

首先，他们似乎会从“女人”这两个字中获得异样的刺激。只要“女人”两个字稍微浮现在心头，脸颊就会涨得通红。然而我从“女人”两个字上获得的感受，并没有比看到“铅笔”“自行车”或是“扫帚”这几个词时更强烈。这种联想能力的缺乏时常在与朋友对话时出现，就像上次谈论片仓母亲时一样，所以我总被当作傻瓜。他们认为我是诗人，给予我理解。但我却不想被当作诗人（为什么呢？听说诗人这一人种必然是要被女人抛弃的），为了配合他们的谈话，我人为地培养了这种联想能力。

我并不知道，他们与我的显著差异，不单单存在于内心感觉，还存在于某些看不到的外在表现。也就是说，他们一看到女人的裸体照片，就会立刻勃起，只有我不会那样。引发我 erectio 的对象（虽然最初因为性倒错的特质，经历了奇妙而严苛的选择）——爱奥尼亚式[①] 的裸体青年雕像等，丝毫无法激起他们的 erectio。

我之所以在第二章故意将 erectiopenis 事无巨细地描写出来，就是与此有关。为什么呢？因我的自我欺瞒，正是对这一

① 指偏优雅纤细的女性风格，通常指建筑、雕塑风格。

点的无知促成的。无论哪本小说的接吻场景，都会省略男性erectio相关的描写。这并不奇怪，因为不必要描写。性学研究书籍甚至也会省略接吻时发生的erectio。在我读来，erectio是肉体交合之前，或是描写那种幻觉时才会发生的现象。我以为，尽管没有任何欲望，到了那时候，突然——就像天外飞来的灵感一般——我也会发生erectio。心灵的百分之十却在不停低语，“不，也许只有我不会那样”。它化作我所有形式的不安表现出来。话说回来，我犯下恶习时，心中有没有哪怕一次浮现出女人的某个部位呢？即便是测试性的。

我从未有过那样的经验。我以为，那不过是因为我的懒惰！

到头来，我还是什么都没弄懂。除我以外的少年每晚梦到的是昨天在街角偶然瞥见的女人，她们一个个赤裸着身体四处走动。少年们的梦中，女人的乳房就像夜晚浮上海面的美丽水母，不断从海底漂浮上来。女人们宝贵的部位张开湿润的嘴唇，不停唱着塞壬[①]的歌谣，几十遍几百遍几千遍，永不停歇……

因为懒惰吗？或许是因为懒惰？这个疑问是我人生全部勤勉的由来。我的勤勉最终花费在对这一点懒惰的辩护上，是为

① 希腊神话中的海妖，拥有天籁般的歌喉，常用歌声引诱水手，将他们吃掉。

了这一点懒惰能继续以懒惰的形式存在下去启用的安全保障。

首先，我决心将与女人有关的记忆整理出来，如同整理过期刊物。无奈都是些异常贫乏的记忆。

我十四五岁时发生过一件那样的事。父亲调职去大阪的那天，亲戚们去东京站为他送行，返回时，几名亲戚来我家做客。也就是说，他们一行人和我、妈妈、弟弟妹妹一起回家，来我家玩。其中有一位名叫澄子的从堂姐[①]。她二十岁左右，尚未出嫁。

她有轻微的龅牙。那是极其美丽洁白的门牙，似乎是为了突出这两三颗门牙才故意那样长的。她一笑，门牙就闪闪发光，牙齿轻微向外突出的样子给笑容增添了难以言喻的亲切。不和谐的龅牙，如同在她和谐的美丽容颜与温柔身姿中滴落的一滴香料，加强了这种和谐，为她的美增添余味悠长的重音。

倘若"爱"这个词不够贴切，那我就是"喜欢"上了这位从堂姐。从孩提时代开始，我就喜欢远远地盯着她看。她做罗纱刺绣[②]时，我也可以待在她身旁一个多小时，什么也不做，只是坐着发呆。

伯母们去里侧的房间后，我和澄子并排坐在客厅的椅子

① 在日本指父母为堂兄弟（堂姐妹）关系的孩子之间的亲属关系。

② 日本的一种刺绣方法，用丝线（包括金丝、银丝等）在罗纱上绣图案。

上，一言不发。送行时的混乱不堪在脑中踩下的印记还未消失。我不知怎的，异常疲惫。

“啊，好累。”

她轻轻打了个哈欠，并拢雪白的手指遮住嘴巴。宛如颂念咒文一般，手指绵软无力地轻扣了两三下。

“你不累吗？小公。”

不知怎么一回事，澄子用两边的衣袖遮住脸颊，把脸深深地埋进一旁我的大腿。接着，她缓慢移动了一下，把脸翻转过来，静静地盯着我看。我的制服裤子因这份被人枕住的荣光而战栗发抖。她身上香水与白粉的芬芳，让我惊慌不已。她一直睁着疲惫而清澈的双眼，一动不动。那侧脸令我不知所措……

那样的事只发生过一次。但我永远不会忘记，在大腿上短暂存留过的奢侈的重量。那不是肉感，只是某种极为奢侈的欢喜。类似于勋章的重量。

在往返学校的公共汽车上，我经常碰见一位贫血体质的小姐。她的冷漠引起了我的兴趣。她总是百无聊赖地盯着窗外看，似乎对万事万物感到厌倦。略微突出的嘴唇弧度在我眼前挥之不去。她不在时，公共汽车总像少了什么似的。不知不觉间，我开始在上下车时期待她的出现。我以为，这或许是恋爱。

我完全不明白，恋爱与性欲是怎样产生关联的，这一点，我怎么也不明白。当然那时的我，并没有试图用“恋爱”这个词解释近江带给我恶魔般的魅惑。我一方面认为，自己对在公共汽车上偶然碰见的少女产生的微弱感情是恋爱，另一方面，却又被脑袋光溜溜的、年轻粗野的公共汽车司机吸引着。无知使我并不急于解开这种矛盾。我看向年轻司机侧脸的视线，包含着某种难以回避的、令人窒息的、痛苦的、充满压抑的情绪。不时偷瞄贫血的小姐时，眼里的却是某种刻意的、人工的、容易疲惫的感情。我并不清楚这两种视线的关联，但它们在我体内心平气和地同时存在，和谐共生。

作为那个年纪的少年，我看上去太缺乏“洁癖”的特质，换句话说，我看上去欠缺“精神”的才能。倘若要用过于强烈的好奇心必然导致我不关心伦理性问题来解释，似乎也解释得通。但这好奇心也近似于久病缠身的人对外界绝望的憧憬，一方面与不可能实现的确信紧密相连，难舍难分。这种半无意识的确信、半无意识的绝望，将我的希望刺激得生机勃勃，如同奢望。

虽然年纪尚轻，但我却不懂得在体内培养明确的柏拉图式[①]观念。这是不幸吗？世间寻常的不幸对我而言意味着什么

① 纯精神性的，纯理论性的。

呢？与肉感相关的模糊的不安，大概只将肉的方面变成了我的固定观念。我熟练地让自己相信，这种与求知欲相差无几的纯粹的精神性好奇“正是肉体的欲望”。到了最后，我熟练地欺骗自己，以为我真的拥有一颗淫荡之心。它促使我装出一副异常成熟、深谙其中之道的样子。我的表情就像我阅女无数，已经对女人厌烦透顶了一般。

如此这般，首先，接吻成了我的固定观念。现在的我可以说，接吻这一行为的表象，对我而言，实际不过是某种东西在我的精神寻求栖身之所的表象。然而，当时的我却将这种欲求误以为是肉欲，因而必须为大量的心灵伪装耗费心神。歪曲真相后无意识的歉疚，反而执拗地激发了有意识的演技。但反过来想，人真的可以如此彻底地背叛自己的天性吗？哪怕是一瞬间。

如果不这么想，就无法解释“渴求并不渴求之物”这种不可思议的心灵构造。如果说，我站在“不渴求渴求之物”这种道德高尚之人的反面，是否证明了我内心怀着极不道德的愿望？这愿望不是太招人怜爱了吗？我是否完全欺骗了自己，彻底变成惯例的俘虏，遵照旧习行动？思考这一点，对后来的我而言，成了不容忽视的义务。

战争一开始，伪善的克己主义就风靡了整个国家。高中也不能幸免。我们从初中起就盼望的“留长发”的愿望，进了高中似乎也难以实现。时髦的袜子成了过去式。军训时间增加了许多，愚蠢的改革轮番上演。

话虽如此，我们学校的传统校风，便是巧妙虚伪的形式主义。因而，我们照旧过着校园生活，并未感到多么拘束。分配到学校的军官大佐①是个通情达理的男人。旧特务曹长②N准尉说一口东北腔调③的日语，绰号“东北特”。他和同事“傻瓜特”、塌鼻梁的“鼻子特”都领会了校风的精髓，并完美实践。校长是个性格女里女气的老海军大将，但自恃有宫内省④这个后盾，终日游手好闲，凭借不得罪人的渐进主义维护着自己的地位。

渐渐地，我学会了抽烟喝酒。话虽如此，抽烟不过是装装样子，喝酒也是。战争教会了我们奇妙而伤感的成长方式——在二十多岁时，就想着与人生一刀两断，将来的事一概不考虑。在我们看来，人生这玩意儿轻飘得不可思议。就像以二十岁为界限隔开的生之盐湖，浓度一下子提高，使人能轻而易举地浮在水面一般。除非临近谢幕时刻，否则我这出自娱自乐的假面剧，还是应该孜孜不倦地演下去。然而我的人生之旅，却在明日复明日的拖延中迟迟不能出发。一晃过了数年，丝毫没有启程的迹象。

或许，这个时期才是我真正快乐的时候。纵使有不安，也

---

① 日本军衔，大校、上校。

② 陆军上士，日本军士的军衔之一。

③ 指日本东北地区特有的口音。

④ 掌管皇室事务的官厅。

只是隐约的不安。我还有希望，常常在未知的蓝天下眺望明天。在那个时期，旅行的幻想，冒险的梦想，我终有一天会成为怎样的大人，我未曾谋面的新娘，我对名声的期待……这些东西就像旅游指南、毛巾、牙膏牙刷、换洗的衬衫、袜子、领带、肥皂一样，整整齐齐地码放在等待出发的旅行箱内。对我而言，就连战争都是童趣的欢喜。我曾经笃信，即使被子弹打中，我也不会感到疼痛。这过剩的幻想在当时也没有丝毫衰退。预测自己的死带来的未知欢喜，使我浑身战栗。我感到，我拥有自己的全部。这种情况也是有的吧。我们完完全全拥有旅行的时刻，就是忙于做旅行准备的那一刻。而后剩下的操作，不过是在破坏这种拥有。这便是旅行的徒劳之处。

接吻这一固定观念，最终定型在一瓣嘴唇上。动机只是为了让幻想显得有迹可循。这不是欲望，什么也不是。然而，我却像前文描述的那样，一意孤行地将它错认为欲望。也就是说，我盲目相信它是欲望，本身就是一种不合理的欲望，我把这不合理的欲望与原本的欲望混为一谈。我还有不想做自己的欲望，这欲望强烈却不可能实现，我把它与世人所谓性欲、人自然而然涌现的欲望相混淆了。

那时有位朋友，与我向来话不投机，但关系亲密。这位个性轻浮的同学名叫额田，似乎是为了弄清初级德语的诸多问题，才选我做推心置腹的好友。我对任何事都只有三分钟热度，却被认为初级德语学得不错。被贴上优等生（这种说法有点神学生的感觉）标签的我，内心有多么厌恶这个标签（话虽如此，我也找不到比这个标签更有助于保障我安全的标签了），又有多么憧憬“恶名”，恐怕早就被额田一眼看穿。他的友情包含对我弱点的挑逗。毕竟，额田常因那帮大男子主义家伙强烈的嫉妒而遭到鄙视，他就像是灵媒的灵界通信，总能陆陆续续传来女人的消息。

女人世界最初的灵媒是那个近江。然而，那个时候的我更属于我自己，我把近江作为灵媒的特质列举为他的一种美，如此便满足了。而额田作为灵媒的作用，则是建立我好奇心超自然的边界，这或许是因为额田向来不美吧。

那“一瓣嘴唇”，指的是我去他家玩时，见到的他姐姐的嘴唇。

那位二十四岁的美人随意把我当小孩子对待。看到围在她身边阿谀奉承的男人，我逐渐明白，自己丝毫没有吸引女人的特质。我也认同了这一点，我绝不可能成为近江，反过来说，我想成为近江的愿望实际是我对他的爱。

尽管如此，我还是以为自己爱上了额田的姐姐。我真的就像那些和我同龄的、未经世故的高中男生一样，在她家附近徘徊；为了等到她从门前经过，赖在她家旁边的书店迟迟不走；紧紧抱住坐垫来想象拥抱她的感觉；将她的红唇描在画纸上若干遍；发了疯似的自问自答。该怎么说呢，这种人工性的努力给我的心灵带来某种异常的、近乎麻痹的疲惫。我不断说服自己我是爱她的，心灵真实的部分却察觉到了这种不自然，进而用恶意的疲惫加以抵抗。这种精神的疲惫蕴含可怖的毒性。在心灵进行人工性努力的间隙，不时有一种令人瑟缩的扫兴袭来。为了逃避这种扫兴，我只能厚着脸皮往另一个幻想进发。于是我又突然生龙活虎起来，我变成我自己，朝着异常的心理状态一路飞奔，燃起熊熊烈火。这火焰抽象化后留在了心间，为了让这热情看上去像是为她而生，事后我还要牵强附会地添加注解——我又一次欺骗了自己。

如果有人责备我以上的叙述过于概念化、抽象化，我只能回答，我并不想絮絮叨叨地描写与正常人青春期的肖像和表现毫无二致的表象。倘若去除我心灵的耻部，以上种种不过是正常人的青春期，连心灵的内部也如出一辙。在这一点上，我与他们完全相同。你只需想象一个未满二十岁的学生，有着寻常的好奇心、寻常的对人生的欲望，但因过度贪图自省，常常钻牛角尖，动辄羞得满脸通红，也缺乏容貌自信，认为自己不可能讨女人欢心，自然而然沉溺于书本，因而成绩还不错。再接着想象一下这个学生是如何渴求女人，如何苦苦思恋，又是如何感到空虚烦闷的，就差不离了。世上再没有比这更简单、更缺乏魅力的想象了。我省去对这种想象兢兢业业的无趣描摹，自然也在情理之中。我的青春期，就是性格内向的学生极其缺乏光彩的那个时期，我发誓，我绝对忠于剧本。

在这期间，我对年长青年的爱慕，逐渐转移到比我年轻的少年身上。当然，即便是比我年轻的少年，也到了近江那个年龄。尽管如此，这爱的转移也与爱的性质有所关联。虽然依旧是深埋心中的爱意，但我在野蛮的爱中加入了风雅的爱。类似保护者之爱、少年之爱的情感，因我的自然成长，逐渐萌芽。

赫希菲尔德将性倒错者分类。只迷恋成年同性的一类叫作 androphils，迷恋少年或介乎少年与青年之间同性的一类叫作 ephebophils。我逐渐理解了 ephebophils。Ephebe 指古代希腊的青年，十八岁至二十岁的青壮男子。其词源来自宙斯与赫拉的女儿、具备不死之身的赫拉克勒斯的妻子——赫柏[1](Hebe)。女神赫柏是奥林匹斯诸神的斟酒官，象征青春。

有一位刚刚升入高中、年方十八的美少年。他皮肤白皙、嘴唇柔美、眉眼温和。我知道他叫八云。我的心，笑纳了他的

---

① 古希腊神话中的青春女神，众神之王宙斯与天后赫拉之女，后嫁给大力神赫拉克勒斯。

容颜。

我，在他毫不知情之时，从他那儿收到了某种快乐的赠礼。最高年级的各班班长要在朝礼时发号施令，早晨做体操时，中午习练（高中有这样的规定，先做三十分钟海军体操，再扛着铁锹去挖防空洞，或者除草）时皆是如此，每星期轮换一次。相隔四周之后，轮到了我发号施令的一周。夏天到来后，我们这个礼节烦琐的学校也不敌潮流的冲击，开始命令学生在做早操和中午的海军体操时赤裸上身。具体步骤如下：班长站上司令台喊朝礼的口令，礼毕后命令大家“脱掉上衣！”，大伙儿脱完衣服后，班长走下台阶，命令大家对走上司令台的体操老师“行礼！”，接着跑到最后一排学生队伍，脱下自己的上衣做操。体操结束后，剩下的号令由老师发布，班长至此功成身退。多数情况下，发号施令会让我惧怕得浑身发冷，但上述那种一板一眼的军队式流程，却像为我量身定做的一般。因而，我总会默默期待轮到我的那周。为什么呢？因为拜这流程所赐，我能目睹八云半裸的身体，并且不用担心自己贫瘠的裸体被他看到。

八云大致站在司令台正前方，第一排或第二排的位置。酷似雅辛托斯[1]的脸颊极易染上红晕。他总是赶在队伍快要整好

① 希腊神话中太阳神阿波罗钟爱的美少年，被阿波罗抛出的圆盘击毙，少年之血化作风信子。

前跑来参加朝礼，看着他气喘吁吁的脸颊，我感到心情愉悦。他常常一边喘着粗气一边粗鲁地解开上衣纽扣，从裤子里狠狠拽出衬衣下摆，若无其事地裸露着白皙光滑的上半身。我站在司令台上，即使不想看也不得不看。因而，当朋友无意间对我说“你小子喊口号的时候怎么总是低着头？胆子也太小了吧”时，我着实吓出一身冷汗。然而那次，我却不曾得到亲近他玫瑰色半裸身体的机会。

夏天，全体高中生曾到 M 市的海军机关学校学习一周。那天是游泳课，大伙儿都跳进了泳池。不会游泳的我谎称吃坏了肚子，坐在一旁观望。某位大佐坚称日光浴能医治百病，所以命令我们这些病人也脱掉上衣。我看见八云也在病号堆里，他双手抱胸，胳膊白皙紧致，微风吹拂着稍稍晒黑的胸膛，洁白的门牙恶作剧似的紧咬着下嘴唇。自称病人的旁听生们都坐在泳池周围的树荫下，一动不动。因而接近他并不费什么工夫。我用眼睛测量他柔软的腰肢，观察他安静呼吸的小腹，不由得想起惠特曼[①] 的某句诗：

> ……少年们仰面躺着，洁白的小腹在阳光下膨胀。

① 惠特曼（1819—1892），美国诗人，创造了诗歌的自由体，代表作为诗集《草叶集》。

然而那次，我也没同他说一句话。我为自己干瘪的胸膛、苍白纤细的胳膊，感到羞耻。

*　*　*

昭和十九年——就是战争结束的前一年——九月，我从幼年时代一直就读的学校毕业，考上了某大学。向来说一不二的父亲强迫我选择法律专业。但我确信，不久的将来，我就会被选入军队，战死沙场。我们全家都会死于空袭。因而也不怎么为这个选择感到痛苦。

我入学时，一位前辈刚好要上战场，他就把大学制服借给了我，当时这种事很普遍。我开始穿着这套制服上学，并跟他约好，等我出征时会把制服送回他家。

我明明比常人更惧怕空袭，却又怀抱某种甘美的期待等待死亡的降临。就像我常说的那样，未来对我而言是沉重的负担。打从一开始，人生就用义务观念将我紧紧束缚。我明知自己不可能履行义务，人生却以不履行义务为由对我百般折磨。倘若能用死亡让人生扑个空，那该有多痛快。我对战时的死亡教义产生了官能性的共鸣。万一我“光荣战死”（虽然这死法极其不适合我），那这人生终结的方式就太讽刺了，九泉之下我也会偷笑不止。可一旦警报拉响，这样的我又会一溜烟地逃进防空洞，跑得比谁都快。

……我听到了蹩脚的钢琴声。

那是在朋友家，这位朋友不久就要作为特别干部候补生入伍。我极其珍视这位叫草野的友人，他是高中时唯一能和我稍微探讨精神问题的朋友。我这个人并不渴望朋友，但以下这段可能伤害我唯一友情的叙述、某种强迫我的内在因素，还是让我觉得残酷。

“这钢琴弹得好吗？好像磕磕绊绊的。”

“那是我妹妹，老师刚回去，她在练习。”

我们停止交谈，再次侧耳聆听。草野即将入伍，回响在他耳畔的声音恐怕不仅仅是隔壁房间的钢琴声，而是一种他即将脱离其中的“日常性生活”拙劣而仓促的美。那钢琴的音色就像看着烹饪笔记做出的糟糕点心，令人安心。我不由自主地问：

“她多大了？”

“十八，就比我小一点。”

草野答道。

我越听越觉得，这是十八岁的、爱做梦的、对自己的美尚不自知的、指尖残留着稚气的琴声。我希望这练习永远不要停止。我的愿望实现了，这琴声直到五年后的今天依旧在我心中回响。多少次我试图让自己相信这是一种错觉，多少次我的理性嘲笑了这种错觉，又有多少次，我的脆弱讥笑了我的自我欺骗。尽管如此，这琴声依旧支配着我。倘若宿命一词特有的可憎意味能被去除，那么这琴声对我而言，正是宿命。

我想起不久前，我曾从宿命一词获得特殊的感铭。那是高中毕业典礼结束后，为了谢恩，我和校长老海军大将坐上了开往皇宫的汽车。那位眼睛积满眼屎的阴郁老人批评我没有报名应选特别干部候补生，只以普通兵卒的身份应招。他极力强调凭我的身体根本忍受不了行伍生活。

“但我已经做好了心理准备。”

“你是无知者无畏。不过，报名日期已经截止了，现在也没别的办法。这就是你的 destiny[①]。”

他用明治式的发音念出“宿命”的英文。

“什么？”

我反问。

“Destiny，我是说，这也是你的 destiny。”

他害怕被误会成婆婆妈妈爱唠叨的人，因而以一种老人特有的略带羞愧的漠然，单调地重复道。

不用说，我一定在草野家见过了那位钢琴少女。但草野家与额田家完全相反，奉行清教徒式的家风。他的三个妹妹留下

① 英文，意为“宿命”。

恭敬的笑容后，就立刻躲入房间。草野入伍的时间越来越近，我和他时常互相拜访，诉说不舍之情。那钢琴声使我在面对他妹妹时变成了笨拙木讷的人。自从听闻那琴声，我就像在无意间知晓了她的秘密，不敢直视她的面容，也不敢和她搭话。她偶尔端茶过来，我敢看的，也只有眼前那双轻盈敏捷的玉足。或许因为那时流行穿裙裤和长裤，并不能时常看见女人的腿，所以那双腿的美，令我感动不已。

这样一写，有人也许以为我从她的双腿感受到了肉体的魅惑。实际不然，我已多次说过，我对异性的肉感完全缺乏所谓主见。最好的证明，就是我完全不知“想看女人裸体的欲望”为何物。尽管如此，我也会认真思考对女人的爱，当那种讨厌的疲惫在心底蔓延，阻止我“认真思考”时，我又会认为自己是个理性之人，从而感到喜悦。因我将自己这种冷淡且缺乏持续性的感情，自比为阅女无数的男人产生的厌倦，与“想像大人那样”虚荣的满足感合并在一起。这心理变化已固定在我体内，就像粗点心铺的机器，只要扔进十日元铜板，就会开始运转，掉出牛奶糖。

我想，我大概能在无欲无求的状态下爱上女人。这恐怕是人类有史以来最鲁莽的计划。我在不自知中（这夸张的措辞是我天性使然，请原谅）企图成为爱之教义的哥白尼[①]。为此，我

① 哥白尼（1473—1543），波兰天文学家，曾提出“日心说”，改变了人类的宇宙观。

自然在不知不觉中开始信仰柏拉图式观念。这看上去或许与前文的叙述存在矛盾，但我确实在忠诚地、照单全收地、纯粹地信仰着它。有时我信仰的并非实际的对象，而是纯粹本身，难道不是吗？我誓要效忠的难道不是纯粹本身吗？这是后话了。

有时，我看上去压根不相信柏拉图式的观念，那是因为我的头脑动辄向我欠缺的肉感观念倾斜，也因为那种“想像大人那样”的病态满足造成的人工性疲惫。换句话说，这一切源自我的不安。

战争最后那年，我二十一岁。刚过完新年，我们大学的学生就被动员到 M 市附近的 N 飞机工厂工作。八成学生做了工人，剩下两成体弱多病的学生负责事务类工作，我属于后者。然而去年体检时，我的结果是第二乙种合格，所以我一直担心，不知什么时候入伍的令状就会下来。

在这块黄沙滚滚的荒凉之地，一座要花三十分钟才能横穿的巨大工厂，驱使着数千员工日夜劳作。我也是其中一员，4409 番，临时工 953 号。这座庞大的工厂丝毫不考虑资金回笼问题，依靠神秘的生产费建立，被祭献给巨大的虚无。每天早上高声诵念神秘的宣言也自有它的原因。我从未见过如此不可思议的工厂。现代化的科学技术、现代化的经营方式、众多优秀头脑产生的精密合理的思维，以上所有通通奉献给一种东西——“死亡”。这座专门生产特攻队专用零式战斗机的大工厂，看上去就像一种独自鸣动、哀号、哭叫、怒吼的黑暗宗教。我认为，倘若没有某种宗教式的夸张，也无法成立如此庞大的机构。就连身居高位者忙于中饱私囊这一点，也是宗教式的。

偶尔响起的空袭警报声，宣告这个邪恶宗教的黑弥撒[①]时刻即将来临。办公室的气氛开始紧张，“啥情况？”有人毫无顾忌地喊出乡音。这屋子里没有收音机。在所长室办公的女孩进来汇报：“敌军有好几个编队。”其间，扩音器发出沉闷的声响，命令女学生和国民学校儿童紧急避难。救援队四处分发类似红色货签的东西，印着“止血__时__分”，以便负伤后把止血时间写在标签上，挂在胸前。警报拉响后不到十分钟，扩音器宣布“全员避难”。

事务人员抱着重要的文件箱赶往地下金库，藏好文件后争先恐后逃向地面，横穿广场，加入那些头戴钢盔、防空头巾的人。人群朝正门奔流。正门外是荒凉赤裸的黄色平原。相隔七八百米的缓坡上有一片松树林，那里挖好了无数条防空壕。漫天黄沙中，盲目的人群被道路分成两队，沉默而焦躁地朝那里跑去。前方只要不是“死亡”就好，即便是随时可能坍塌的红土小洞，只要不是“死亡”就好。

---

① 兴起于中世纪法国基督教异端教徒之间的恶魔崇拜。

那天刚好是休息日，我回到家中，晚上十一点就收到了入伍通知。那是封电报，命令我二月十五日入伍。

父亲认为我这种纤弱体格在城市并不少见，不如去原户籍地的乡下部队体检，这样显得我身子格外瘦弱，就不会被录取。我听从父亲的指点，去了原户籍地——近畿地区的H县接受检查。农村青年能轻松举起十次的米袋，我甚至举不到胸前，这引来了体检官的嘲笑。即便如此，体检结果还是第二乙种合格。现在又接到入伍通知，不得不加入乡下的野蛮部队。母亲悲伤哭泣，父亲大为沮丧。入伍通知一来，我也打不起精神，但与此同时又对那种生动的死法有所期待，就抱着无所谓的态度去了。然而在火车上时，在工厂染上的感冒越来越严重。自从祖父破产后，我们在老家就没有一寸土地，这次回乡，也是住在关系亲密的熟人家。一到他家，我就烧得站也站不稳。但这家人的悉心照料和我喝下的大量退烧药还是起了效果，总之，被送进军营时，我还是生龙活虎的。

服药后退去的热度又有抬头的迹象。入队检查时，我像牲口一样被剥光衣服，到处走来走去，打了好几个喷嚏。那个愣头青军医误把我支气管的哧哧声当作啰音[1]，我胡诌的症状报告

① 支气管等出现异常时，从听诊器里听到的呼吸声。

又坐实了这个误诊。他们拉着我测了红细胞沉降率，感冒高烧致使红细胞沉降速奇快无比。我被诊断为肺浸润②，被命令即刻返乡。

一离开军营，我就开始奔跑。冬日荒凉的长坡一路向下，延伸至村子的方向。我就像在飞机工厂时那样发足狂奔，前方只要不是“死亡”就好，无论是什么，只要不是“死亡”就好。

夜行列车玻璃窗的破洞不时吹进冷风，我一边躲避冷风，一边忍受发烧的恶寒和头疼。我问自己，要回哪儿去？回东京的家吗？那个因父亲迟迟下不了决断，一家人还未疏散，整天过得担惊受怕的家？回到那个家所在的阴郁不安的城市？回到那群睁着家畜一般的眼睛，互相询问“没事吧没事吧”的群众中间？还是回到飞机工厂？那间聚集患了肺病、表情麻木的大学生的集体宿舍？

我倚靠的椅背接缝处不稳，火车每震动一下，接缝处就移动一下。我闭上眼睛，想象我刚好在家时，全家遭遇空袭，命丧黄泉的场景。一种难以言喻的嫌恶从这幻想中诞生。日常与死亡的关联，从未带给我如此奇妙的嫌恶。不是说，就连猫也不愿意被人看见死状，一临近死亡，就会躲藏得无影无踪吗？

---

② 浸润型肺结核。

我一想到自己看见家人凄惨的死状，或是家人看见我的死状，一种呕吐的冲动就涌上心口。一想到“死”这一相同条件降临在全家人身上，濒死的父母子女沉浸在死亡的共感里互相凝视的眼神，我就只能认为，这是对一家团圆、其乐融融的场景可厌的再现。我想在陌生人中坦然地死去。这与埃阿斯[①]希望在朗朗晴空下死去的希腊式心情不同。我追求的，是天然自然的自杀。像一只头脑并不灵光的狐狸，沿着山麓漫不经心散步时，因自己的无知被猎人射杀。我渴望那种死亡。

既然如此，军队不是最理想的吗？我不应该渴望军队吗？为什么要如此认真地对军医撒谎？为什么要说这半年一直在发低烧，肩膀酸痛无比，咳出了血痰，昨晚还出了一身虚汗（这也没什么奇怪，因为吃了阿司匹林）？为什么听到即刻返乡的命令时，会感到微笑奋力推开面部肌肉，怎么掩饰也掩饰不住？为什么离开军营时会疯狂地奔跑？我不是期待落空了吗？为什么没有垂头丧气，步履蹒跚？

我的前路上，不曾耸立着足以使我从军队意味的“死”中逃脱的“生”。我清楚地明白这一点，因而并不理解使我从军营中奋力奔出的力量源泉。难道，我依旧是想活下去的？以一种极端无意识的活法，就像我气喘吁吁跑向防空壕的瞬间？

---

① 希腊神话人物，希腊联合远征军主将之一，英勇善战。

突然，另一个声音开口说道，我从来就不想死。这句话解开了羞耻的绳结。虽然说起来痛苦，但我已经明白。要说我渴望在军队得到的只有死亡，那是谎言。我对军营生活抱有某种官能性的期待。而致使这种期待存续下去的力量，不过是每个人都有的原始咒术般的确信，确信只有自己不会死……

然而我是多么厌恶这个想法。我宁愿自己是被“死亡”抛弃之人。我喜欢那种想死之人被死亡拒绝的奇妙痛苦，就像外科医生在手术时，用一种微妙的专心和客套凝视着内脏一样。这种心灵愉悦的程度，甚至让人感到邪恶。

大学与 N 飞机工厂产生感情冲突，在二月底召回了全部学生。学校计划三月复课一个月，四月初动员我们去其他工厂。二月末，近千架小型机来袭。三月的复课，众所周知，也只是名义上的而已。

于是，在战争打得正火热时，我们得到了一个月毫无用处的假期，就好像得到一把潮湿的烟花。但比起一袋有用却又不是特别有用的干面包，我情愿收到潮湿的烟花。这多么像大学送出的礼物，如此不着边际。——在这个时代，毫无用处就是珍贵的礼物。

我感冒痊愈后数日，草野的母亲打来电话，说草野位于 M 市附近的部队三月十日开始允许会面，问我要不要一起去。

我答应了，立刻去草野家商量相关事宜。那时，傍晚至夜晚八点被认为是最安全的时段。草野家刚用完晚饭。他母亲是位寡妇，正和三个女儿围坐在被炉边，招呼我也坐过去。她向我介绍了那名钢琴少女，说叫园子。这名字跟钢琴名家 I 夫人同名，于是我提起上次听到的琴声，开了个略带调侃的玩笑。十九岁的少女坐在昏暗的遮光电灯[①]阴影下，羞得满脸通红，一言不发。她穿着红色皮夹克。

三月九日早晨，我在草野家附近车站的月台等他的家人。铁轨对面，整排的商铺因强制疏散朽坏了一半，那场景清晰可见。木材开裂的嘎吱声撕裂了早春清冽的空气，有的房子甚至能从裂开处看见近乎炫目的崭新木纹。

早晨还很冷，这几天没听到一次警报声。其间，空气被打磨得越发澄澈透明，布满即将崩坏的纤细裂纹。空气仿佛琴弦，一经弹奏就发出绵绵不断的高雅琴音。换句话说，那是一种充斥着丰富虚无的静寂，再过几个瞬间，就会抵达音乐的境界。清冷的阳光照在无人的月台上，似乎也因某种音乐的预兆战栗不已。

穿蓝色大衣的少女从对面的台阶走下，她牵着小妹妹的

① 二战时，为防范夜间空袭，日本实行灯火管制，要求给电灯安装遮光装置。

手，每走一段台阶都小心地看顾着妹妹。大一点的妹妹十五六岁，对她们慢吞吞的走法感到不耐烦，但也没有一溜烟跑下楼梯，而是故意放慢脚步，顺着空荡荡的台阶，一级一级走下来。

园子似乎还未注意到我，我却能清清楚楚地看见她。自出生以来，我从未在女性身上体会到如此动人心弦的美。我的心脏怦怦直跳，心情变得纯洁清澈。即使我这样写，一路读到这里的读者恐怕也不会相信。毕竟，并没有什么方法能区分我对额田姐姐那种人工性的暗恋和此刻心脏的狂跳。那时不留情面的分析，也没有在此刻豁免的理由。如此看来，写作这一行为，打从一开始就是徒劳无益的。我写下的东西不过是欲望的产物，不过是因为“我想这样写”。只要合乎逻辑怎么都行。但我记忆正确的部分却告诉我，这和以前有点不同。那一点不同，就是悔恨。

还剩两三级台阶就要走完时，园子注意到了我。冷冽的空气将她的脸颊冻出新鲜的红晕，她笑了，眼珠又黑又亮，眼皮略显沉重，有隐约的睡意，亮闪闪的眼睛似乎在诉说着什么。她把小妹妹交到十五六岁的妹妹手上，朝我所在的月台奔了过来，身姿灵动，摇碎了光芒。

我看见清晨的气息向我奔来。她不是那种我从少年时代起强迫自己描绘的肉体属性的女人。倘若她是，我大可以抱着虚假的期待相迎。令人苦恼的是，我的直觉令我承认，只有面对园子的内心时，我是不同的。那是一种配不上园子的小心翼翼的深情，却又并非低劣的自卑感。看着离我越来越近的园子，一种坐立不安的悲哀袭来。那是从未有过的感情，足以动摇我存在根本的感情。迄今为止，我只以孩童般的好奇心、虚假的肉感和人工合金式的感情看待女人。从未在最初的一瞥被如此深刻的、无法解释的、绝非我伪装的一部分的悲哀动摇心绪。我意识到这就是悔恨。但是，我真的犯下过赋予我悔恨资格的罪过吗？难道说，虽然明显不合情理，但也存在先于罪过的悔恨？这是对我存在本身的悔恨吗？她的身姿唤醒了我的悔恨？难道，这是罪孽的预兆吗？

园子已确确实实站在我的面前。因我在发呆，她鞠躬到一半，又直起身子，重新恭敬地鞠了一躬。

“您等了很久吗？我妈妈和祖母大人（她用了奇怪的称谓，脸颊一下子红了）还没有准备好，看样子会晚点到。那个，稍等，（她小心翼翼地改变了措辞）请您再稍等片刻，如果她们还不来，我们先去U车站如何？”

她磕磕巴巴说了这么一长段后，再次深吸一口气。园子是个身材高挑的女孩，头顶差不多到我额头。她的上半身极其优雅匀称，双腿美丽动人。圆润稚拙的脸庞不施粉黛，仿佛是她纯洁无垢、不知化妆为何物的灵魂的肖像画。嘴唇有少许开裂，但反而有一种生动感。

接下来，无事可做的我们三言两语地聊起天来。我竭力使自己开朗，竭力使自己成为机智活泼的青年。但我恨这样的自己。

电车在我们身旁停靠多次，又重新启动，发出沉闷的金属碾压声。并没有多少人在这站上下车。电车停靠时，总会遮住照在我们身上的惬意阳光。然而，每当车体离开，和煦的暖阳在我的脸颊复苏，又使我战栗。我感到，这样充沛美好的阳光洒在我身上，这样别无所求的时刻留在我心间，一定是某种不祥的预兆，比如数分钟后就会突然发生空袭，将我们当场炸死。若非如此不能收场。我们感到自己连些微的幸福都不配享有。反过来说，我们染上了一种坏习惯，认为这一点点幸福都是恩赐。这样与园子有一搭没一搭地聊天，给我内心的感受正是如此。支配园子的，恐怕也是同一种力量。

园子的祖母、母亲迟迟不来，于是我们坐上不知道第几台电车，前往 U 车站。

在人来人往的 U 车站，我们被大庭先生叫住，他儿子跟草野在一个部队，这次也是去探望儿子。大庭先生是位中年银行家，固执地戴着礼帽，穿着西服，还带着一个园子也认识的小女儿。她远不及园子美丽，不知为何，这让我欣喜。这究竟是怎样一种情感？园子和她紧握双手，亲昵地挥舞着。看着她们天真无邪玩闹的样子，我发觉园子具备一种平静的宽容，那是美貌的特权，她之所以看上去比实际年龄稍显成熟，也是因为这个。

火车空荡荡的，我与园子仿佛巧合一般走到靠窗位置，面对面坐了下来。

大庭先生一行算上女佣一共三人，园子的祖母和母亲好不容易与我们会合，我们这边是六人。九人占据一排座位，必定有一人落单。

我在自己还未意识到时，就迅速完成了这个心算。园子大概也一样。两人扑通一声坐下时，恶作剧般相视一笑。

艰难的计算使我们这座小小离岛的存在被默许。礼节上，园子的祖母、母亲必须与大庭父女相对而坐。园子的小妹妹出于小孩心性，立刻选择了能同时看到母亲和窗外风景的位置。她的小姐姐紧随而上。因而那里的座位，变成了大庭家的女佣照看两名早熟女孩的运动场。陈旧褪色的座椅靠背，将他们七人与我和园子隔开。

火车还未出发时，压制一行人的，就是大庭先生喋喋不休的讲话声。他的声音低沉，像女人一样语速飞快，绝不给对方除附和以外的其他权利。隔着椅背都能猜到，就连草野家最为健谈、人老心不老的祖母，此刻也一定呆若木鸡。祖母和母亲忙于“是、是”的随声附和，还要在关键处适时地赔笑。至于大庭先生的女儿，则是一言不发。火车终于启动。

驶离车站后，阳光透过污浊的玻璃窗，落在凹凸不平的窗沿、园子和我被外套覆盖的膝盖上。她和我侧耳倾听着邻座的谈天声，沉默不语。有时她的嘴角露出微笑，立刻传染给我。每当那时，我们都会四目相对。接着，园子就会避开我的视线，重新关注起邻座的交谈，眼睛闪闪发亮，带着一种调皮的坦然。

“我就打算穿着这身衣服死呢。要是穿着国民服①、系着绑腿②死，死也不会瞑目的。我也不让女儿穿裤子。让她打扮得像个女孩那样去死，是为人父母的慈爱。不是吗？”

“是，是。”

“对了。您家疏散搬行李时务必跟我说。您家没有男人，肯定不方便。有什么需要随时跟我说。”

“麻烦您了。”

“T 温泉的仓库被我们整个包下来了。我们银行所有员工的行李都放在那儿呢。可以说万无一失。钢琴什么的，都可以放。”

“麻烦您了。”

---

① “二战”中日本于 1940 年规定男子日常必须穿用的着装，类似军服的土黄色服装。

② 军队使用的带状绑腿。

“对了。听说令郎的队长人品不错，真是好福气呀。我家孩子的队长，连会面时带去的吃食都要克扣呢。如此一来，跟海对岸那边有什么两样啊。听说会面第二天，那个队长犯了胃痉挛呢。”

“是吗？呵呵呵。”

园子的嘴角又要扬起微笑，因而有些不安。她从手提包中拿出文库本[①]。我有点不快，但对书的名字很感兴趣。

“那是什么？”

她一边笑，一边展开书脊，像扇子那样举在脸前。书名读作《水妖记》[②]——括号——“温蒂尼”。

身后的座位似乎有人起身。是园子的母亲。她站起来是为了制止小女儿在座位上又蹦又跳，顺便逃离大庭先生喋喋不休的讲话。但又不止如此。她把那个吵闹的少女和她早熟的姐姐带到我们座位，说道：

“那么，让这两个吵人的丫头也加入你们吧。”

园子的母亲是位优雅的美人。她温柔的措辞总伴随着微笑，那微笑有时令人痛心。她说这句话时的微笑，在我看来，就像某种悲哀的不安。园子的母亲离开后，我和园子又快速对

① 袖珍本书籍。

② 德国浪漫主义作家莫特·富凯（1777—1843）的作品，描写水妖温蒂尼与骑士的浪漫爱情故事。

视了一眼。我从胸前口袋拿出记事本，撕下一张纸片，用铅笔写道：

你妈妈很在意哦。

“什么？”

园子斜斜地伸过脑袋，发丝泛起孩子般的香味。她读完纸片上的字，赶忙低下头，连脖子都羞红了。

“是吧，没错吧。”

“那个，我……”

我们又对视了一眼，随即懂得了对方。我也感到脸颊像着了火。

“姐姐，这是什么呀？”

小妹妹伸出手，园子立刻藏起纸片。大一点的妹妹似乎已察觉出这来龙去脉的深意。她很不高兴，装模作样地训斥起小妹妹。

我和园子因这段插曲，反而打开了话匣。她聊学校的事，聊以前读过的几本小说，聊她的哥哥。我还是老样子，立刻把话题引到普世理论。这是诱惑术的第一步。因我们聊得太亲密，冷落了两位妹妹，她们就回到原来的座位。接着，园子的母亲又带着为难的笑容，把这两个不太顶用的“间谍”送回我们身边。

那天夜晚，一行人在草野部队附近的M市旅馆住下后，已经快到就寝时间。大庭先生和我分在一间房。

只剩我们两人后，这位银行家立刻大谈起露骨的反战论。到了昭和二十年[①]春，一有机会总能听到人们小声议论反战言论，我耳朵都快听得生茧。他用低沉的嗓音喋喋不休地说起银行的融资客户——一家大型陶器公司，计划打着弥补战争损失的名义，生产大量家用陶瓷器，以祈愿和平。又说政府正向苏维埃政权求和云云，叫人不胜其烦。我想一个人待着思考点事。他摘下眼镜后的脸庞微微浮肿，看上去有点怪异。熄灯后，这张脸消失在铺陈开来的阴影中，天真的叹息声顺着被褥缓缓游走，两三次后，终于传来熟睡的鼾声。我一边感受包裹枕头的崭新枕巾刺着我发烫的脸颊，一边专注地思考。

独自一人时，一种阴郁的焦躁时常威吓我，再加上今早看见园子时那种动摇我存在根本的悲伤，又一次鲜明地在我心里复苏。它们揭露我今日的一言一行、一举手一投足皆是伪装。话虽如此，比起反复犹豫、艰难揣测这些“或许都是伪装”，断定“这就是伪装”要让人好受得多。因而，不知从何时起，故意揭露伪装成了令我心安的做法。即便在这种场合，我执拗

① 公元1945年。

的不安，针对所谓“人之根本条件”“人心真实构造”的不安，也只能将我的内省引入无望的死胡同，徒劳地兜圈。其他青年会是什么感受？正常人会是什么感受？这些强迫性的观念反复责问我，令我本以为切切实实抓在手里的幸福碎片，顷刻间打得粉碎。

那种“表演”已化作我构造的一部分。那已不是表演。将自己伪装成正常人的意识，甚至侵蚀了我体内原本的正常。我不得不逐一向自己解释，那些只是我伪装出来的正常。反过来说，我大概变成了一个只相信虚假的人。如此说来，我的头脑认为我对园子心灵的亲近不过是虚假，这种感情或许是“想相信它是真爱”的欲求戴上假面后的模样。或许，我即将变成一个连自我否定都做不到的人。

胡思乱想了一阵，意识终于迷迷糊糊。此时，夜晚的空气又传来那种不祥的、莫名摄人心魄的声响。

“这不是警报声吗？”

银行家突然醒来，吓了我一跳。

“谁知道呢。”

我含含糊糊地答道。微弱的警报声持续了很久。

因会面时间很早，一行人六点钟就起了床。

“昨晚响了警报吧？”

“没有哇。”

早上在盥洗室打招呼时，园子表情严肃地否认。回房后，这成了妹妹们取笑园子的好材料。

“只有姐姐不知道，哇，真的好奇怪。”

小妹妹也有样学样地说。

“我也醒来了，然后听到姐姐打鼾的声音，特别响。”

“对啊，我也听到了。姐姐的鼾声太响了，响到连警报声都听不清楚啦。”

“少胡说了，拿出证据来呀。”当着我的面，园子涨红了脸，据理力争道，“敢撒这么过分的谎，看我不收拾你们。”

我只有一个妹妹，从小就羡慕姊妹多的热闹家庭。在我眼里，这吵吵闹闹半是玩笑的姐妹打闹，是世间幸福最鲜明、最切实的倒影。它再次唤醒了我的痛苦。

早餐时，大伙儿一直在讨论昨夜的警报声，说恐怕是三月以来第一次警报。因为只是警戒警报，最终也没有响起空袭警报，结论是应该没什么大事。大伙儿松了口气。我倒是无所谓。倘若我在外出时，我们家被焚烧殆尽，父母弟妹葬身火海，反倒干净利落。这并非什么刻薄无情的幻想。在这个年代，你能想象的任何事态都可能若无其事地上演，这反而使我们的想象力匮乏。比如，想象全家丧生的场景，比想象银座店门口摆满一整排洋酒瓶，或是银座夜空下闪烁的霓虹灯牌要容易得多。轻而易举就能办到。感觉不到挣扎的想象力，即使外表再冷酷，也与心灵的冷漠无关，不过是怠惰而温暾的精神的一种表现。

离开旅馆时，我一改昨晚独处时那种悲剧演员的做派，像个轻薄的骑士那般，装模作样地帮园子拿行李。我是故意当着众人面这么做的，我有我的目的。如此一来，她就会把那份顾忌由对我的顾忌，理解成因忌惮祖母、母亲产生的顾忌。她自身又会被这结果欺骗，清晰地意识到，她对我已如此亲密，亲密到需要忌惮祖母和母亲。这小小的策略奏效了。把包递到我手里后，她好像很过意不去，离不开我身旁了。同行人中明明有同龄的朋友，她却不找对方，光和我一个人说话。我不时用一种不可思议的心情呆望这样的园子。早春含带沙尘的风迎面吹来，吹断了园子纯洁到近乎哀切的娇声。我耸动外套下的肩膀，测试她提包的重量。这重量费力地为盘踞在我心底的、逃犯式的愧疚之情辩护着。刚走到郊外，园子的祖母就叫苦不迭。银行家返回车站，不知用了什么巧妙法子，不一会儿为我们雇来两辆出租车。

"嘿，好久不见。"

与草野握手时，那伊势龙虾虾壳般的触感让我的手瑟缩了一下。

"你的手……怎么了？"

“嘿嘿，吓了一跳吧？”

他身上已有了新兵特有的清冷而招人怜爱的气质。他并拢双手，伸给我看。红肿的伤口、皴裂、冻疮被灰尘和油污固定住，制成一双如虾壳般令人痛心的手。这双手又湿又冷。

这双手威胁我的方式，恰好是现实威胁我的方式。我对这样的手本能地感到恐惧。事实上，我恐惧的是这双冷酷无情的手在我心中告发、追诉的某样东西。是一种在这双手面前，什么都无法伪装的恐惧。我刚一这样想，园子这个特别的存在立刻产生了某种意义。她是我柔弱的良心抵抗这双手时，唯一的铠甲，唯一的锁帷子[①]。我感到，我无论如何必须爱她。这是比我心底的那种愧疚更深层的本分[②]……

一无所知的草野天真地说：

“洗澡时有这双手，都不用搓澡巾了呢。”

他母亲轻轻叹出一口气。我只感到此时的自己是个不知廉耻的多余人。园子不经意间抬头看我。我垂下头，虽然荒谬，但我总觉得自己必须向她道歉。

“去外面吧。”

他有点粗鲁又有点害羞地推着祖母、母亲往外走。部队庭院的枯草坪被风吹得一片狼藉。各个家庭围坐在一处，拿出美

① 在麻布单衣上装满细铁链的战服，衬在铠甲和衣服里，出现于日本战国时代。

② 在这里是一个哲学概念，指道德的理想和价值。

食让这些候选新兵大快朵颐。遗憾的是，无论擦多少次眼睛，我都不觉得这个画面美丽。

终于，草野也像其他人一样，盘腿坐在圆圈中央。他嘴里塞满了西式糕点，双眼炯炯有神，望着东京方向的天空。从这片丘陵往荒野对面望去，可以看见M市所在的盆地，再远一些的地方，低矮山脉间空出的间隙，就是东京的天空。早春的冷云在那里投下稀薄的阴影。

“昨晚那边通红通红的，怕是出了大事。你家也不知保没保住。一整片天空都烧红了，不是普通的空袭。”

草野自顾自说个不停。还说只要祖母和母亲一日不疏散，自己就一日睡不了安稳觉。

“知道了。奶奶答应你，马上疏散。”

祖母要强地说。她从和服腰带里拿出小小的记事本和一根牙签大小的银灰色自动铅笔，认真地写着什么。

回程的火车气氛忧郁。大庭先生和我们在车站会合，连他也一反常态，沉默不语。因那种“骨肉情爱”，平日深藏的心灵内部此刻被翻转出来，大伙儿沉浸在那种刺痛中。或许，他们见完自己的儿子、兄长、孙子、弟弟后，就意识到平日那颗以为只有见到对方才会展露无遗的赤裸真心，不过是在炫耀于双方无益的牺牲，这是何等空虚。我与他们不同，一直被那双令人心痛的手的幻影追逐。掌灯时分，我们的火车到达O车站，在那里换乘省线电车。

在那里，我们第一次撞见了昨夜空袭受灾的明证。天桥上挤满了受害者。他们裹着毛毯，睁着一双什么也不看、什么也不想的眼睛，那与其说是眼睛，不如说是眼球。一位母亲摇晃着膝上的孩子，似乎打算以相同的幅度永远摇晃下去。一位姑娘靠在行李上沉沉睡去，头上别着烧焦了一半的假花。

我们穿过他们中间时，甚至没有遭遇责难的白眼。我们被无视了。我们不曾分担他们的不幸，仅仅是这一个理由，就足以抹杀我们的存在，让他们将我们视作影子。

然而，我心中却有某种情感开始燃烧。蜷缩在那里的一排“不幸”给了我勇气和力量。我理解了革命带来的亢奋。他们亲眼看见定义自己存在的各种事物被烈火吞噬。人际关系、爱憎、理性、财产，统统在眼前付之一炬。那时，他们并非在与火焰战斗，而是在与人际关系战斗，与爱憎战斗，与理性战斗，与财产战斗。那时，他们就像遇难船的船员，被置于“一个人想活下去，就必须杀死另一个人”的境地。为救恋人死去的男人，不是被火焰所杀，而是被恋人所杀。为救孩子死去的母亲，也不外乎是被孩子所杀。人们与之战斗的，恐怕是各种各样人类前所未有的、普遍而根本的条件。

我在他们脸上看到了惊人的剧变后留下的疲劳，心底迸发出某种热烈的确信。虽然只是几个瞬间，但我感到，我对人类根本性条件的不安，已被擦拭得干干净净。心中充斥着想大声呼喊的冲动。

倘若我再多一点内省的力量，再多一点睿智，或许就能开始思考那些条件。然而滑稽的是，一种幻想的炽热，驱使我的胳膊第一次绕上园子的腰。或许它教会了我，这样一个小小的动作，足以让“爱”这个通称变得毫无意义。我们就这样走在一行人的前头，快步离开了那座阴暗的桥。园子也没说一句话。

然而，在明亮得不可思议的省线电车内，与她相互对视时，我注意到她看我的眼睛，散发着某种迫切而又柔软的黑色光芒。

换乘东京都内的环状线后，九成乘客都是受灾者。车内充斥着一股更明显的焦煳味儿。众人高声谈论刚刚躲过的灾难，语气带着骄傲。他们的确是“革命”的群众。为何这么说？因为他们怀揣一种耀眼的、充沛的、意气昂扬的、兴致勃勃的不满。

在S车站时，我与一行人告别，把她的提包交还给她。沿着漆黑的马路往家走时，我不止一次地想，我的手里已经没有她的包了。我这才明白，那只包在我们之间发挥了多么重要的作用。这是一件小小的苦差，我为了使良心不那么疯狂外露，总需要一只秤砣，换句话说，需要某些辛苦的劳作，将它压制下去。

家人一脸平静地迎我进门。东京这地方，还真是广大。

两三日后，我造访草野家，带着说好借给园子的书。二十一岁的男孩为十九岁少女挑选的书籍，即使不说书名，大致也能猜到。意识到自己正在做寻常之事的喜悦，对我而言，非常特别。园子去了附近闲逛，说是马上回来。我在客厅等她。

等着等着，早春的天空突然像被木灰水浸湿一般阴沉起来，开始下雨。园子走进昏暗的客厅。她似乎在路上淋了雨，头发上到处是亮闪闪的水珠。客厅深处有一把长椅，她缩起肩膀坐在漆黑的角落。唇角又露出笑意。红色夹克衫前胸的两处浑圆，在昏暗的光线下突显出来。

我们俩多么拘谨，话也说不了两三句。对我们而言，这是两人第一次单独相处。我这才明白，那趟短途旅行，去时火车上的轻松交谈，八九成仰赖的是邻座的喋喋不休与年幼的妹妹们。连那时在小纸片上写下一行情话交给她的勇气，此刻也荡然无存。我的心情比前几日谦恭了许多。我这人，一旦对自己放任不管，就容易变诚实。换句话说，在她面前，我并不害怕变诚实。我忘记表演了吗？那种老一套的、把自己扮成正常人谈恋爱的表演？或许因为没有那个，我感觉自己根本不像爱着这位清丽的少女。但这种感觉并不坏。

骤雨停歇，夕阳照进室内。

园子的眼睛和嘴唇闪闪发光。那种美化作我自身的无力感，压迫着我。这苦涩的感觉，反过来又使她的存在变得虚无。

“就连我们，”我开口说道，“也不知道能活到什么时候。假设现在响起警报，那架飞机上，就可能装着炸死我们的炮弹。”

“那该多好哇，”她恶作剧一般揉弄着苏格兰呢子短裙，抬起脸时，脸颊边缘镶着一圈微微发光的绒毛，“总觉得……要是一架无声的飞机飞来，直接在我们头顶丢下炸弹……您不这么想吗？”

园子自身都没有察觉到，这是她爱的告白。

“嗯……我也一样。”

我像煞有介事地答道。园子不可能知道，这回答根植了我多么深切的渴望。然而仔细想想，这对话真是滑稽至极。倘若在和平年代，不是相爱至深的男女绝不会有这番交谈。

“生离死别，我早就烦透了。”我故意语带讥讽，掩饰我的羞涩，“你不这么觉得吗？在这个年代，分离才是日常，相会反而是奇迹……我们能像现在这样，说上几十分钟话，仔细想想，或许是了不得的奇迹……”

“是，我也……”她说到一半止住了话头，然后用一种一本正经而又愉悦的平静说道，“我们刚见面，马上又要分开了。祖母正在张罗疏散的事。前天回来后，她就给N县某村的伯母发了电报。今天早上，伯母打了长途电话过来。祖母在电报上请她帮忙‘找房子’，但伯母说，现在找也找不到，所以请我们去她家疏散，说那样热热闹闹的，倒也高兴。祖母急哄哄地说，过个两三天就去打扰。”

我半句也没有附和，心灵遭受的打击连自己都感到诧异。不知何时开始，我内心的安逸引发了一种错觉，以为所有的一切都不会改变，我们两人的生活永远会有彼此存在。在更深层的意义上，这对我而言是双重错觉。她宣告离别的话语，告诉我此刻的相逢是多么虚无，揭发出眼下的欢愉不过是假象。这破坏了我幼稚的错觉——以为相逢是永恒的。与此同时，它又令我醒悟：即使离别不曾造访，男女之间的关系也不可能永恒不变。这又破坏了另一个错觉。我大彻大悟，感到胸口憋闷，喘不过气来。为什么不能这样下去？这少年时代我反躬自问了数百遍的疑问再次涌到嘴边。我们身上被强加了多么古怪的义务——破坏所有，改变所有，将万事万物寄于流转变化之中。这种让人极端不快的义务就是世人所谓“生”吗？只有我一个人觉得它是义务吗？至少，觉得这种义务是沉重负担的，只有我一个。

“嗯，你要走了呀……其实，就算你不走，过不了多久，我也得离开……”

“去哪里？”

“三月末或是四月初，又要到某间工厂做工。”

“那很危险吧，空袭什么的。”

“是呀，很危险。”

我自暴自弃地答道，匆匆离开了她家。

翌日一整天，我从不得不爱她的本分中解脱出来，一派轻松。我大声唱歌，一脚踹飞可恶的《六法全书》[①]，兴高采烈的。

这奇妙的乐天状态持续了一整天。接着，我像孩童一样呼呼大睡。深夜的警报再次响彻大地，惊扰了我的睡眠。我们一家发着牢骚，不情不愿地钻进防空壕。结果无事发生，不久听到解除警戒的警报。我在防空壕里昏昏欲睡，把钢盔和水壶挂在肩膀上，最后一个爬出地面。

昭和二十年的冬天太难挨。春天已像花豹蹑手蹑脚地靠近，冬天却像黝黑的铁栅栏，依旧固执地挡在前方。星光里还有冰晶的光亮。

常绿树茂密的叶子为星空镶上了边框，我睁着惺忪的睡

① 日本收载主要的现行成文法（宪法、刑法、民法、商法、刑事诉讼法、民事诉讼法）及其他特别法律的书籍。

眼，看到绿叶的边框里浮现若干颗温暖的星星。夜晚冷冽的空气混入我的呼吸。突然，一种观念排山倒海般向我袭来。我爱园子，不能与园子共度一生的世界对我而言一文不值。内心的声音喊道：你要是能忘记，那就试试看啊。接着，就好像等待了许久一般，在清晨的月台看见园子时那种动摇我存在根本的悲伤，从心底涌了上来。

我坐立不安，急得直跺脚。

尽管如此，我还是忍了一日。

第三天傍晚，我再次拜访园子。玄关前有一个匠人打扮的男人正在打包行李。他在沙地上把类似盛衣箱的物件用草席包好，再用粗草绳子固定。我看见这一幕，越发不安。

园子的祖母出现在玄关。祖母身后堆着打包好的行李，只等装车搬运。玄关到处是稻草秆的碎屑。一看到祖母意外而困惑的表情，我就决定不见园子，立刻打道回府。

“请把这本书交给园子小姐。”

我又像书店的小伙计那样，拿出两三本甜腻的小说。

“劳您费心了，几次三番送书过来。”祖母说道，看样子并不打算叫园子出来。

“我们明晚就出发去某村了。一切准备得很顺利，没想到能这么快出发。这栋宅子租给 T 先生了，以后会变成 T 先生公司的集体宿舍。真的很舍不得您，孙女们也很高兴和您交朋友。请您一定来某村玩儿啊。等我们安顿好后，会给您写信的，请一定来玩儿啊。”

擅长交际的祖母那一板一眼的社交口吻听来并不会令人不快。但这些话如同她过分整齐的假牙，要说好，也不过是无机物堆砌的好。

“请大家多保重。”

我能说的只有这个，无法说出园子的名字。此时，园子仿佛被我的犹豫召唤出来一般，她的身影出现在屋内的楼梯拐角。她一只手捧着装帽子的大纸箱，另一只手抱着五六本书。阳光从高处的窗户落下，她的头发在光线里燃烧。她一看见我就喊道：“请稍等一下！”那声音吓了祖母一跳。

接着，她毛毛躁躁地往二楼跑去。我看见吓了一跳的祖母，心中好不得意。祖母一边道歉，说家里都是行李，乱糟糟的，没法请我进去坐，一边急匆匆地走进屋内。

没过多久，园子跑下楼来，脸颊异常通红。我站在玄关一角，呆立不动。她一句话也没说，在我面前穿好鞋子，站起身时说道：“我送您到那里。”这命令式的高音调有一种令我感动的力量。我一边天真地摆弄制服帽子，一边注视着她的一举一动，心里却觉得，有什么东西突然停下了脚步。我们刻意身体挨着身体，走出大门。沉默地走在通往院门的沙石路上。突然，园子止住脚步，重新系了一回鞋带。不知为何，磨蹭了许久。我走到院门处，一面眺望街道的风景，一面等她。我还不懂十九岁少女可爱的心机，她认为我必须稍稍走在她前头。

突然，她的胸脯从后面撞上我制服下的右臂。这类似一场交通事故，是偶然的精神恍惚引发的冲撞。

"……嗯……这个。"

西式信封坚硬的一角戳中我掌心的肉。我险些把这信封捏碎，如同绞杀一只小鸟。不知怎么的，这枚信封重到令人难以置信。我偷偷瞄了一眼掌心那枚女学生趣味的信封，就像在看一件绝不能看的禁忌之物。

"请您……到家之后再看。"

她喘着粗气，小声嗫嚅。

我问道："回信寄到哪里？"

"我……写在信里了……某村的地址。请您寄到那里。"

太奇怪了，离别对我而言突然成了乐事。类似于玩捉迷藏时，抓人的鬼一开始数数，大家就往各自心仪的方向跑去的那一瞬间的快乐。我一贯如此，有一种能从任何事物中享受乐趣的古怪天分。拜这邪恶的天分所赐，就连我自己也时常将我的怯懦错认作勇气。然而这种天分，应该说是一种甜蜜的补偿，针对那些在人生中什么也不选择的人。

我们在车站检票口道别，连手也没握一下。

生平收到的第一封情书令我欣喜若狂。我等不及回家，不顾旁人的目光在电车里拆开了信封。接着，一大堆影画[①]剪纸和教会学校学生喜欢的进口彩绘卡片险些掉落出来。里面有一张折叠的蓝色信纸，在迪士尼的大灰狼和儿童的漫画下，以一种小孩子练字时的认真笔触，一丝不苟地写着如下内容：

感谢您借书给我，真的劳您费心了。托您的福，我读到了十分有趣的书。衷心祈求您能在空袭下平安健康地生活。等我们在那边安顿好后，会再给您写信的。地址是：×× 县 ×× 郡 ×× 村 ×× 番地。信封里的物件都是不值一提的小玩意儿，权当是给您的回礼，请务必笑纳。

真是封了不起的情书，无异于一盆凉水兜头浇下。我脸色苍白，开始苦笑。谁会给这种玩意儿写回信啊，这就像是给印刷的感谢信写千篇一律的回信一样。

然而，在到家前的三四十分钟里，“想写回信”这一最初的欲求，渐渐为开头的“欣喜若狂”辩护起来。我立刻想到，那样的家庭教育确实不可能让她学会怎么写情书。因是第一次给异性写信，各种各样的烦恼一定让她紧张得无从下笔。这封

① 用剪纸在拉门、墙壁上投出人影或动物形状的游戏。

信虽没有什么内容，但她那时的一举一动，确实向我诉说了书信以外的内容。

突然，怒意从另一个方向袭来，占据了我的心灵。我又拿《六法全书》撒气，一把将它扔向墙壁。我责备自己：你太没出息了！面对一个十九岁的少女，你居然眼巴巴地等着人家爱上你？你怎么就不能干脆一点，主动出击呢？我知道你之所以犹豫不前，是因为那种异样的、来历不明的不安。既然如此，你又为何再去找她？不妨回顾一下从前，你十五岁时，过着与年龄相符的生活，十七岁时，也算马马虎虎赶上同龄人。可现在二十一岁了，又是什么德行？朋友说你二十岁会早逝，可这预言并未成真，战死的愿望也无从实现。好不容易活到这个岁数，居然败在懵懂无知的十九岁少女手上，对初恋感到束手无策？啧！你真是白长了岁数！二十一岁才第一次交换情书，你是否搞错了年月？到了这个年纪，居然对接吻一无所知？太窝囊了！

接着，另一个阴暗而执拗的声音开始揶揄我。这声音大体包含一种热切的诚实、一种与我不相干的人情味儿。它连珠炮似的发问——你爱她吗？要是爱就罢了，可你对女人有欲望吗？只对她没有“下流的想法”？你不就想借由这种自我欺瞒忘却那个对女人从未有过“下流想法”的自己吗？话说回来，你有资格用“下流”之类的字眼吗？你产生过想看女人裸体的念头吗？想象过园子的裸体吗？哪怕一次？你这般年纪的男人看见年轻女人时，不可能不想象她的裸体。这点道理，用你最擅长的类推思考一下不就明白了吗？至于为何这么说？你扪心自问，类推不能做轻微修正吗？昨夜你入睡前，是否稍稍委身了那套惯例？若是类似祈祷的习惯也就罢了，可那是一场小型的邪教仪式，任谁都无法抗拒。即便是代用品，用习惯了，也不会觉得不便，更何况它还是效果立竿见影的安眠药。然而那时，你心头浮现的绝不是园子。总之，是某些异常古怪的幻影，旁人看到怕是要肝胆俱裂。

白天，你走在街上时，目不转睛地盯着那些青涩的士兵和水兵。你爱的那些年轻人青春妙龄，皮肤晒得黝黑，与知性无缘，谈吐天真，未经世故。你一看到他们，就立刻用眼睛测量他们的腰围。你不是打算从法科大学毕业后就开一家裁缝铺吗？你最喜欢二十多岁无智青年那如狮子幼崽般柔软的胴体。昨天一整天，你在心里把多少个这样的青年剥得精光？你心中备好了植物采集箱，将若干具 Ephebe 的裸体收入其中，带回家里。然后从中选出那场邪教仪式的活祭品。你选了中意的那个。接下来的事叫人大跌眼镜。你把活祭品带到一根奇妙的六角柱旁，拿出事先藏好的绳索，把裸体祭品反绑在柱上。他必须充分地抵抗，充分地喊叫。你频频给予活祭品死亡的暗示。这期间，一种不可思议而又天真无邪的微笑浮现在你的嘴角，促使你从衣袋中掏出锋利的小刀。你靠近活祭品，用刀尖轻柔地触碰、爱抚它紧绷的小腹肌肤。祭品发出绝望的惨叫，扭着身体躲避刀刃。他的心脏在恐惧中怦怦巨响，裸露的双腿战栗不止，膝盖互相打架。扑哧一声，刀子刺入小腹，这自然是你的暴行。祭品的身体向后弯成了弓形，发出孤独而凄厉的惨叫，被刺的腹部肌肉开始痉挛。刀平静地插在起伏的肌肉中，仿佛插在刀鞘里。血沫喷涌，化作鲜血的喷泉，顺着光滑的大腿汩汩流下。

这个瞬间，你的欢喜正是寻常人的欢喜。为何这么说？因你所谓固定观念的正常，在这个瞬间，才真正属于你。无论对象是谁，你皆是因肉体的深奥而发情，这正常的发情与其他男人无异。你的心，因恼人的原始性充实而动摇，你心中，属于野蛮人的幽深欢喜开始苏醒。你的双眼炯炯有神，周身血液沸腾，蛮族具备的诸生命的显现充斥你的肉身。Ejaculatio 之后，野蛮赞歌的温存残留在你体内，男女交合后的悲哀不再向你袭来。你因放纵不羁的孤独而闪耀，暂时漂流在巨大河川的古老记忆里。品尝蛮族生命力后极端感动的记忆，因某种偶然，占领了你性功能和快感的角角落落。你终日忙于伪装，偶尔也能接触人类存在本身的深刻欢喜。这样的你居然需要爱？需要精神？可真叫人费解。

索性这么干吧。在园子面前披露你那古怪的学士论文，怎么样？那篇名为《关于 Ephebe 的躯体曲线与血液流出量的函数关系》、志向远大的论文。总而言之，你选择的躯体，是光滑的、柔软的、丰满的、青春的，血液从上面流下时能画出最微妙的曲线。那种躯体，能给予流淌的鲜血最美丽的自然纹路——好比原野中肆意奔流的小溪、被砍断的古树露出的木纹。没错吧？

——断然没错。

然而，我的自省力具备一种难以揣度的构造。宛如把一张细长纸片弯成环形，粘住首尾两端。以为是表面实则是背面，以为是背面其实又是表面。到了后来，它的旋转周期逐渐放缓。但当时二十一岁的我，就好像被人蒙上了双眼，绕着情感的周期轨道一个劲儿奔跑。又因战争末期那种慌乱的末世感，它的旋转速度几乎快到让人目眩。原因也好，结果也好，矛盾也好，对立也好，根本没有闲暇一一探究。矛盾依旧是矛盾，以一种目不暇接的速度与我擦身而过。

才过了一个小时，我满脑子想的，就只剩下如何给园子写一封巧妙的回信了。

不久后，樱花开放了。但没人有闲情逸致赏花。能在东京赏樱花的，大概只有我们大学我们专业的学生。我放学后有时会一个人，或和两三好友，在 S 池畔漫步。

樱花娇媚得不可思议。对花而言可称为衣裳的东西统统寻觅不到了。例如红白的幕布、茶馆的热闹喧嚣、赏花的人群、卖气球和风车的小贩。因而，在常绿树间隙肆意盛开的樱花，看上去就像花的裸体。自然无偿的奉献、自然无益的奢侈，从未像现在这般，把春天打造得如此美丽，近乎妖艳。我心中抱有不快的质疑——自然该不会再次征服大地吧？毕竟，这个春天的华美是不同寻常的。菜花的黄、嫩草的绿、樱树枝干水灵灵的黑、树梢垂下的阴郁花盖，在我眼中都是带着恶意的绚烂色彩。可谓是色彩的火灾。

我们争论着无聊的法律问题，漫步于樱花树与池塘间的草坪。我那时爱死了 Y 教授国际法课的讽刺效果。空袭下，教授依旧斗志昂扬，继续讲解不知何时才能结束的国际联盟[①]课程。对我而言，就像在听教人打麻将或国际象棋的课程一样。和平！和平！如同远处的铃声响彻不停，听在耳朵里，只觉得像耳鸣。

“说到物权索赔权的绝对性……”

一位叫 A 的乡下学生说道。这位 A 君肤色黝黑、身材魁梧，却害了严重的肺浸润，故此没有被军队接收。

“别说了，太无聊了。”

---

① 世界最初的国际组织。“一战”后根据《凡尔赛和约》建立，1920 年成立，1946 年宣告解散。

B打断道。这位B君脸色苍白，一看就知道患有肺结核。

“天上有敌机，地上有法律……呵呵……”我嗤之以鼻，“天上有荣光，地上有和平吗？”

真正没得肺病的只有我一个。我假装得了心脏病。在这个年代，勋章和疾病，你总要选择一个。

突然，一阵慌忙踩踏草坪的声音令我们停下脚步。声音的主人看见我们，也吓了一跳。那是一个年轻男人，穿着污浊的工服和木屐。说他年轻，也只不过因为他战斗帽[①]下露出短发的颜色。他混浊的脸色、稀疏而邋遢的胡子、满是油垢的手脚、积满泥垢的咽喉，显示出一种与年龄无关的阴惨的疲惫。男人的斜后方，一个年轻女人低着头，像是在闹别扭。女人束着头发，穿国防色[②]的罩衫，套着一条崭新的、花纹新奇的碎花裤裙。他们一定是一对幽会的征用工。他们似乎翘了一天班，来这里赏花。看见我们以为是宪兵，所以才吓了一跳。

这对恋人翻了个白眼，一边偷瞄我们一边走了过去。他们走后，我们也没了说话的兴致。

樱花还未开到最盛时，法学部又停了课。我们被动员到离S湾数里的海军工厂做工。与此同时，母亲和弟弟妹妹去了郊

① 第二次世界大战中，日本的军用便帽。
② 草绿色，带枯草般茶色的绿色。日本陆军军服颜色。

外的舅父家疏散，舅父经营一座小小的农场。一个老成的初中生学仆留在家中，照顾父亲起居。没有米粮的日子，学仆会把煮熟的大豆放进擂钵碾碎，做成呕吐物般的豆粥，给父亲吃，自己也跟着吃。储存的那一点点副食品，他趁父亲外出时偷偷吃得精光。

海军工厂的生活十分悠闲。我负责管理图书和挖防空洞。为了疏散零件工厂，我和台湾[①]的少年工一起挖巨大的横穴防空洞。这帮十二三岁的小恶魔是我最好的朋友。他们教我说家乡话，我给他们讲童话故事。他们坚信台湾的神灵会保佑他们躲过空袭，终有一日，把他们平安无事地送回故乡。他们的食欲强烈到不正常的地步。一个机灵的孩子瞒着当值厨师，偷出大米和蔬菜，在锅里倒入满满的机油做成炒饭。这美味佳肴我是敬而远之的，总觉得会尝出齿轮的味道。

在这不到一个月的时光，我与园子的书信往来，多少变得特别起来。在信里，我表现得肆无忌惮。某个上午，解除警戒的铃声响起后，我们返回工厂。园子的信已摆在桌上。读着她的信，我的手忍不住颤抖。身体陷入轻微的酩酊，嘴里反复诵念信里的一行字：

① 中国台湾地区此时处于日据时期，被迫为日本提供资源、物产、劳力等。

“……我想你……”

天各一方给予我勇气，距离赐予我“正常”的资格。可以说，我具备了临时的“正常”。时间与空间的距离抽象化了人的存在。拜这抽象化所赐，心灵对园子矢志不渝的爱慕，和与之毫不相关的、超脱常规的肉欲，或许在我心里作为等质的事物合二为一了。使得我这一存在，得以时时刻刻，毫无矛盾地固定下来。我悠然自在，每天的生活快乐得难以言喻。有传闻说，敌军会在不久后攻上S湾，席卷这一带。因而死的希望，又比从前浓郁了许多。在这种状态下，我才是真正的“对人生有希望”！

四月中旬的某个周六，我得到久违的外宿许可，返回东京家中。我打算从自己的书架取下几本书带回工厂读，然后赶往郊外母亲的住处，在那里过夜。然而，回乡的电车遇上警报，时停时走。这期间，我突然感到一阵恶寒。剧烈的晕眩感袭来，灼热的倦怠遍布全身。数次的经验告诉我，这是扁桃腺发炎的症状。我一到家，就让学仆铺好床，躺了上去。

过了一会儿，楼下传来女人聒噪的说话声。那声音十分刺耳，在我发热的额头里回响。接着，传来上楼后沿着走廊一路小跑过来的声音。我半睁开眼睛，看见印着大朵花纹的和服下摆。

“你怎么了？真不中用。”

“什么呀，原来是茶子。”

“你这什么语气？我们可是五年没见了呀。”

她是远房亲戚的女儿，名叫千枝子。亲戚们喜欢叫她“茶子”。她比我大五岁。上次见面还是在她的婚礼上。听说，自从去年丈夫战死之后，她莫名其妙变得活泼起来。现在看来的确如此，她的这种活泼，反倒让人说不出宽慰的话。我目瞪口呆，一言不发。觉得她头上那朵硕大的白色假花，取下来也无妨。

“我今天，是来找小达的。”她叫了我父亲达夫的名字，“想让他帮忙疏散行李。前几天我爸好像跟小达在哪里见过面，小达说要给我们介绍个好地方。”

“老头子今天会晚点回来。这也无所谓。”她的嘴唇太过红艳，让我不安。或许是发热的缘故，那种红刺痛了我的眼睛，让我头疼得越发厉害，“倒是你……现在这时局，还浓妆艳抹地在外面走动，没被人说三道四吗？”

“什么呀，你已经到了在意女人化妆的年纪了吗？你这样躺着，看起来就像个刚断奶的小娃娃。”

“烦死了，离我远点。”

她特意凑了过来。我不想被人看到穿睡衣的样子，于是把棉被拉到脖颈处。突然，她的手掌伸向我额头。那如针刺一般的冰冷恰合时宜，令我感动不已。

“好烫啊，量体温了吗？”

“正好三十九摄氏度。”

“得敷冰块啊。”

“哪儿来的冰块啊。”

“我来想办法。”

千枝子轻拍了一下和服长袖，兴冲冲地下楼去了。不久后，她再次上楼，安安静静地坐下。

“我让那个男孩子去拿了。”

“谢谢。”

我盯着天花板。她拿起枕边的书时，冰冷的丝绸衣袖碰到我的脸颊。我突然很渴望那凉丝丝的衣袖。想请她把衣袖覆在我的额头，但最终打消了念头。房间渐渐变暗。

“那孩子真慢啊。”

发烧病人对时间的感知总有一种病态的精准。千枝子抱怨的“慢”，在我看来其实还早。过了两三分钟，她又说：

“太慢了，那孩子到底干什么去了。”

“都说了不慢了！”

我神经质地大吼。

“真可怜，别太激动。乖乖闭上眼睛，不要用这么可怕的眼神瞪着天花板。”

我闭上眼睛，眼睑的热度无法释放，反而更难受。突然，我感到有什么在触摸我的额头。与此同时，微弱的气息也在触碰额头。我把额头扭过去，发出无意义的叹息。接着，那呼吸里混入了异样的灼热气息，扑面而来。突然，嘴唇被一种油腻而沉重的东西封住。牙齿与牙齿相撞，发出声响。我不敢睁眼。这期间，她冰冷的手掌紧紧箍住我的脸颊。

千枝子终于放开我，我半挺着身子。两人在黄昏的光线里瞪视对方。千枝子的姐妹都是淫荡的女人。我清楚地看到，相同的血也在她体内熊熊燃烧。然而，这燃烧的欲火和我病中的发热竟产生了奇妙的、难以解释的亲密感。我坐了起来，说道:“再做一次。”学仆回来前，我们俩一直在接吻。她絮絮叨叨地说:“只是接吻哦，只是接吻哦。”

这接吻中是否存在肉感，我不得而知。不管怎么说，最初的经验本身就是一种肉感。这个场合的辨别或许是无意义的。纵然试图从酩酊中提取那种观念性的要素，也于事无补。重要的是，我已变成一个“懂得接吻为何物”的男人。我就像一个从旁人那儿得到好吃的点心后，立刻想“拿给妹妹尝尝”的男孩，抱着千枝子，满脑子想的都是园子。那之后，我的思绪集中在了与园子接吻的幻想中。那是我犯下最初的，也是最严重的误算。

总而言之，对园子的思念让这最初的经验逐渐面目可憎。

第二天，千枝子打来电话。我骗她明天就要回工厂，没有如约与她幽会。我闭上眼睛，不去想这不自然的冷淡是因为最初的接吻缺乏快感，而是强迫自己相信，正因为我爱园子，才觉得这行为丑陋。这是我第一次，利用了对园子的爱。

像所有初恋的少男少女那样，我和园子交换了照片。园子写信说，她把我的相片放进吊坠，挂在了胸前。然而园子送我的照片太大，只能放进公文包里。由于放不进内口袋，我只好用包袱皮包着，带着四处走动。我害怕我不在时工厂发生火灾，于是回家也带着照片。某次，回工厂的夜班电车突然遇上警报，熄了灯。不久后命令我们疏散，我在网架上摸索，发现包着照片的包裹连同放包裹的大包一起被偷了。我这人骨子里迷信，那天之后，“必须快点见到园子”的不安就一直追随着我。

五月二十四日晚的空袭，像三月九日半夜的空袭一样，使我下了决心。或许我和园子之间，正是需要这种从众多不幸中释放出的类似瘴气的东西，就像某种化合物需要以硫酸为介质。

旷野与丘陵的连接处挖好了无数横穴防空洞。我们藏身其中，看到东京的天空烧得一片通红。有时发生爆炸，投映在天空上，可以窥见云层间露出不可思议的、如白昼般蔚蓝的天空。那是深更半夜出现的一瞬蓝天。无力的探照灯像迎接敌机的追光灯，淡淡的十字形光线中，屡屡出现敌机闪烁的机翼。

它们一个接一个向靠近东京的探照灯传递光的接力棒，殷勤地发挥引导作用。高射炮的炮击声也稀疏起来，B29[①] 轻而易举飞抵东京上空。

我怀疑从这个位置，究竟能否分清东京上空的敌我形势？然而，只要看见猩红的天空下坠落的机影，围观群众就会齐声喝彩。闹得最欢的是那些少年工。四周的防空洞传来鼓掌声和叫好声，宛如戏院。我想，对在这里远观的观众来说，坠落的飞机究竟属于敌方还是己方，本质上并没有多大区别。战争，说到底不过如此。

第二天，我踏上还在冒烟的枕木，走过铁桥上烧焦了一半的细木板，沿着不通车的私营铁路线走了一半路程。回到家中后，发现只有我家附近的区域幸免于难。母亲与弟妹偶然回家过夜，经历了昨夜的大火，反而神采奕奕。为庆祝劫后余生，大伙儿享用了从地下挖出的羊羹罐头。

“大哥最近爱上什么人了吧？”

十七岁的妹妹是个爱管闲事的丫头，走进我房间问我。

“谁跟你说的？”

“我知道得一清二楚哦。”

“我就不能谈恋爱吗？”

---

① “二战”时，美军的主力轰炸机。

“当然不是，你们什么时候结婚？”

我吓了一跳，那种心情，就像逃犯从一无所知的路人嘴里偶然听见与犯罪有关的事实。

“不会结婚的。”

“这不道德。从一开始就没打算娶人家还跟人家好？啊，太讨厌了。男人都不是好东西。”

“你再不走我就拿墨水泼你了哦。”独自一人时，我口中又反复念叨：“可不是吗？在这世上，结婚也是有可能的。生孩子也一样。我怎么就忘了呢？或者说，我怎么就假装忘了呢？战争的激化造成了一种错觉，以为结婚这种些微的幸福是不可能存在的。实际上，结婚对我而言，或许是某种极为重大的幸福。该怎么说呢？重大到令我毛骨悚然……”这种想法，促使我在矛盾中下定决心：今天或明天一定要见到园子。这是爱吗？当一种不安寄居于我们体内时，总会有“针对不安的好奇心”以奇特的热情展现出来，又或者，这就类似于那种“好奇心”？

园子和她的祖母、母亲，寄了好几封信邀我去玩。住在园子伯母家会让我不自在，于是我写信让园子帮忙找旅馆。她问遍了某村的旅馆，结果没有一家能住，不是成了政府的临时办公处，就是软禁了德国人。

旅馆——曾是我的幻想。那是我从少年时代起幻想的现实体现。也是我沉迷阅读恋爱小说带来的坏影响。说起来，我思考问题的方式有部分是堂吉诃德[①] 式的。堂吉诃德的时代存在许多沉迷骑士故事的人。但要被骑士故事毒害到如此地步，唯有成为一名堂吉诃德。我的情况与此相同。

旅馆、密室、门锁、窗帘、温柔的反抗、决斗开始前的约定。……唯有在那时，唯有在那时，我是可能的。如同天外飞来的灵感，我的体内会燃起“正常”的火焰。犹如被鬼神附体一般，脱胎换骨成为另一个人，一个真正的男子汉。唯有在那时，我才可以无所畏惧地拥抱园子，用尽全身气力爱她。疑惑与不安被统统拂去，我可以发自内心地对她说：“我喜欢你。”那天之后，我甚至可以走在空袭的街道上，大声怒吼：“她是我的恋人！”

空想式的性格，充斥着对精神作用微妙的不信任。它往往将人们引至幻想这一不伦的行为。幻想并不如人们所想，是一种精神作用，反而是对精神的逃避。

然而，我的旅馆梦，从前提来看就实现不了。园子又写了封信，说某村的旅馆最终无法入住，还是住家里为好。我回信表示同意。近似疲劳的安心将我俘虏。即便是我，也没有试图将这种安心曲解为放弃。

① 西班牙作家塞万提斯（1547—1616）创作的长篇反骑士小说《堂吉诃德》主人公。

六月十二日，我出发了。海军工厂那边整体开始松懈，什么样的借口都能请到假。

火车肮脏不堪，空空荡荡。战时与火车相关的记忆（除去那次愉快的旅行），为何总是这般凄惨？火车摇摇晃晃，我被一种孩子气的执念折磨——不吻到园子绝不离开某村。然而，这并不是人在与自身欲望引发的消极情绪搏斗时那种充满自豪的决心。我觉得自己像是去偷盗。像一个被头领强迫，不情不愿地去偷盗的胆小窃贼。被爱的幸福刺痛我的良心。我追求的，或许是更加确定的不幸吧。

园子把我介绍给伯母。我拼了命地装腔作势。想象她们在沉默中已做了这样的交谈——“园子怎么会喜欢这种男人？就是个脸色苍白的大学生嘛。这男的到底哪点好？”

我产生了一种令人钦佩的意识——想给大家留下好印象，因而没再采取那时火车上的排他行为。我帮园子的小妹妹们辅导英文功课，给祖母柏林时代的陈年往事捧场。有趣的是，越这么做，园子反而越同我形影不离。在祖母和母亲面前，我们好几次大胆地交换眼神。吃饭时，两人在餐桌下用腿触碰对方的腿。她也渐渐热衷于这种游戏，当我对祖母冗长的故事感到无聊时，她就靠在映出梅雨季阴沉天空的绿叶窗旁，站在祖母身后，用指尖捏起胸前的吊坠，朝我摇晃。

她半月形衣领里的胸脯如此白皙，白得醒目！她那时的微笑，能让人感受到染红朱丽叶脸颊的那种“淫荡之血”。蕴含一种只适合在处女身上出现的淫荡。它与成熟女人的淫荡截然不同，如微风般让人陶醉。那是某种可爱的恶趣味。类似于喜欢挠婴儿的胳肢窝。

这样的瞬间，我的心突然沉醉于幸福。已经有好久好久，我不曾接近名为幸福的禁果。然而现在，它却以一种悲怆的执拗诱惑着我。我感到，园子就是深渊。

日子一天天过去，再过两天，我就要返回海军工厂。然而，我还没完成给自己定下的接吻任务。

雨季稀薄的雨包围了高原地区。我借了辆自行车，去邮局寄信。园子为逃避征兵，在政府临时办公处工作，那个时间，她会逃掉下午的班直接回家。我们约好在邮局见面。蒙蒙细雨打湿了锈迹斑驳的铁丝网，无人的网球场，看上去十分寂寥。德意志少年骑着自行车从我身旁穿过，湿漉漉的金发和白皙的双手在雨中发光。

我在古朴的邮局内等了几分钟，门外渐渐亮了起来。雨停了。这是暂时的晴朗，也可以说是装模作样的晴朗。云层并未散去，只是闪着白金色的亮光。

园子的自行车停在玻璃门对面。她的胸口起伏不停，湿漉漉的肩膀一耸一耸，但依旧面带微笑，脸颊露出健康的红晕。“就是现在，给我上！”我感到自己是一条被主人唆摆的猎犬。这义务观念近似恶魔的命令。我跳上自行车，与园子并肩穿过某村的主街道。

我们在冷杉、红枫、白桦林间穿梭。明亮的水珠从树上滴落。她的黑发随风飞扬，异常美丽。健硕的小腿痛快地踩着脚踏。她看起来就像“生命”本身。穿过已荒废的高尔夫球场入口后，我们跳下自行车，沿着球场边缘潮湿的小径行走。

我像刚入伍的新兵那样紧张。前方有树丛，那树荫正合适。走到那里大约五十步。前二十步找借口同她搭话，有必要缓解紧张情绪。剩下三十步，随便找些不痛不痒的话题。走完五十步，放下自行车脚架，眺望山那边的风景。然后揽住她的肩膀，低声说：“能和你这样待在一起，简直像做梦。”她会东拉西扯地找话回应。此时，搭住她肩膀的手要稍稍用力，将她的身体揽到自己面前。接吻的要领与千枝子那时一样。

我发誓忠于剧本。既无情爱，也无欲望。

园子已在我怀中，气喘吁吁，脸颊像火烧一样通红。她深深地闭上双眼。那嘴唇稚嫩娇美，却依然无法激起我的欲望。然而，我却时刻在期待，我的“正常”、毫无虚假的爱，或许能在接吻时出现。机械正迅猛运转，谁也无法阻止。

我的嘴唇覆上她的嘴唇。一秒钟过去，没有丝毫快感。两秒钟过去，依旧如此。三秒钟过去。——我什么都明白了。

我缩回身子，一瞬间，用哀伤的眼神看着园子。如果她看见我那时的眼神，应该能读出难以言喻的爱。任何人都无法断言，这种爱对人类来说是否可行。然而，她陶醉于羞耻和纯洁的满足，始终像人偶一般低着头。

我一言不发，像服侍病人一般，搀着她的胳膊往自行车走去。

必须逃跑，一刻都不能停留。我焦虑不已。为了不使他人察觉出我的不快，我假装比平时更活泼。晚餐时，任谁都能看出园子精神恍惚，我的这种幸福模样和园子的恍惚状态显示出过分融洽的偶合。结果，反而对我不利。

园子看上去比任何时候都娇艳。她的姿容原本就有一种故事性。此时的风情，更像一位从故事里走出的热恋少女。目睹她这般单纯的少女心性，我逐渐清楚地明白，即使我伪装得再活泼，也没有资格拥抱如此美丽的灵魂。我吞吞吐吐，说不出话来。她母亲言语中透露出对我身体状况的担忧。园子心思灵巧，万事了然于心。她为了让我打起精神，又冲我摇晃吊坠。那样子仿佛在说“别担心”。我不由得露出微笑。

这旁若无人的相视一笑，令大人们露出半是惊讶半是困扰的表情。这些大人从我们的未来中看到了什么才会露出这般表情？一想到这里，我又是悚然一惊。

第二天，我们又来到高尔夫球场的那个位置。我看到黄色野菊花丛被践踏得一片狼藉，那是昨日的我们留下的纪念品。今日的草丛是干燥的。

习惯这东西真可怕。事后令我那般痛苦的接吻，我又做了。而且这次就像和自己的妹妹接吻，反而散发出不伦的味道。

“下次还能见面吗？什么时候？”她问。

“这个嘛，只要我在的地方不被美国人攻上来。”我答道。“大概一个月后就能请到假。”

我在期望。不，不仅仅是期望，而且是迷信般的确信：这一个月内，美军就会攻上S湾。我们作为学生军被迫出征，全体战死沙场。又或者，不论我在哪里，一种谁也不曾想象的巨大炸弹都会把我炸死。——难道说，我偶然预见了原子弹爆炸？

接着，我们朝向阳处的斜坡走去。两棵白桦树在斜坡落下阴影，像一对温柔恬静的姐妹。园子低头走路，突然开口：

“下次见面时，你会送我什么礼物？”

“要说我现在能带的礼物……”我逼不得已开始装傻，“做坏的飞机？沾满泥巴的铁铲？只有这些了。”

“不是有形的东西哦。”

“这样啊。那会是什么呢？”我越装傻，反而越被逼问得无路可走，“这可难倒我了。我在回程的火车上好好想想吧。”

“嗯，拜托了。”她的声音带着古怪的威严和冷静，“那就约好了哦，一定要给我带礼物。”

“约好了”这几个字，园子说得很用力，我只好用虚张声势的愉快来保护自己。

“好哇，我们来拉钩！”我大方地说道。乍看之下，我们是在玩天真无邪的拉钩游戏，孩童时期感受到的恐惧，却突然在我体内复苏。那是“拉钩后如果违背约定，拉钩的手指就会烂掉”的说法带来的恐惧。园子所谓“礼物”，虽然没有明说，但显而易见是“求婚”的意思。我的恐惧是有缘由的。我的恐惧，是夜晚不敢独自上厕所的孩子感受到的那种填满身体的恐惧。

那天夜晚，刚睡下，园子半裹着我卧室门口的布帘，像孩子一样闹脾气，求我再多留一日。我只能躺在床上，满脸愕然地盯着她看。本以为计算正确的项目，其实从一开始就是误算，如今一切已崩溃。此时此刻，我盯着园子时的这种感情又算什么呢？我已经不知道了。

“无论如何都要回去吗？”

“嗯，无论如何。”

毋宁说，我回答得很愉快。虚伪的机械又开始浮于表面的运作。这种愉快，其实只是逃避恐惧的愉快。我却解释为，这种愉快能提供一种崭新的权力——令她焦虑的优越感。

自我欺瞒立刻成了我的救命稻草。负伤之人不会在危急时刻计较绷带是否清洁。我想，至少先用习以为常的自我欺瞒把血止住，再向医院狂奔。我喜欢把那座散漫的工厂想象成纪律严苛的军营。倘若明天一早回不去，就会遭受关禁闭的惩罚。

出发那天的早晨，我静静地凝视园子。就像旅行者凝视即将告别的风景。

我明白，一切都已结束。我周围的人却以为一切刚刚开始。就连我自己，也委身于周围那种温柔的警戒氛围，希望能骗过自己。

尽管如此，园子安静的模样依旧令我不安。她帮我整理行李，搜索房间各个角落，唯恐我遗落了东西。过了半晌，她走到窗边，一动不动地眺望窗外的风景。今天也是阴天，唯有嫩叶的颜色绿得刺眼。看不见的松鼠穿过树梢，惹得树枝一阵摇晃。园子的背影极为娴静，却又充斥着稚嫩的“期待”。把这种感情放任不理，直接出门，如同没有锁柜门就外出一样，对生性严谨的我来说，是难以忍受的。我走上前，从背后轻柔地拥抱她。

“你一定会再来吧。”

她用一种确信的语气轻快地说道。听上去，这与其说是对我的信赖，不如说是越过了我，对某种更深层东西的信赖。园子的肩膀没有颤抖，蕾丝花边紧箍的胸脯大幅度地喘着气。

“嗯，大概。只要我还活着。”

这样的回答令我想呕吐。

为何这么说？因我的年龄更希望这样回答：“当然要来！我排除万难也要来见你。安心等我回来。你可是要做我太太的人啊。”

我对事物的感知方式、思考方式，到处存在这种珍奇的矛盾。我之所以采取“嗯，大概”的暧昧态度，并非性格的原因，而是某种先于性格的东西在作祟。可以说，正因为我清楚地明白这“不是我的错”，才会常常用一种健全到滑稽的常识性训诫去对待那些多少“是我的错”的部分。作为少年时代自我锻炼的延续，我宁死不愿成为那种优柔寡断的人、没有男子气概的人、好恶不分的人、不知爱为何物却又想被爱的人。对“是我的错”的部分来说，这或许是行之有效的训诫。对“不是我的错”的部分来说，却是从一开始就无法实现的要求。如今，我哪怕参孙[①]附体，也无法在园子面前表现得像个勇敢果决的男子汉。于是，现在园子眼中看到的那个极其符合我性格的、

① 圣经士师记中的古以色列士师，拥有天生神力的勇士、军事领袖。

优柔寡断的男人形象，彻底激起了我的嫌恶，把我的存在本身贬低得一文不值，把我的骄傲自负践踏得七零八落。我不再信任自己的意志、自己的性格，至少，我不得不怀疑那些与意志相关的部分是虚假的。然而，这种推崇意志的思考方式，或许本身就是近似幻想的夸张。即便是正常人，也不可能只凭意志行动。纵使我是个正常人，也没有十足的把握能把我和园子送入幸福美满的婚姻生活。如此看来，那个“正常”的我，恐怕也只能回答“嗯，大概”吧。连这种显而易见的假设，我也视若无睹。我染上了这样的习惯，好像不愿放过任何一个折磨自己的机会。无路可逃的人，通常将“认定自己是不幸的”视作栖身之地。而这，是他们将自己赶入栖身之地的常用手段。

园子平静地开口：

“别担心，你不会受一点伤的。我每晚都在祈求神灵。我的祈祷，一向很灵哦。”

“你的信仰真坚定啊。是不是因为这个，你看上去总是那么平静，有时，甚至叫人害怕。”

“为什么？”

她抬起聪慧的黑色眼眸。一对上她那纯洁无垢、毫无半点疑惑的询问的目光，我就心乱如麻，说不出话来。我原本怀有一种冲动，想把在平静中沉睡的她摇醒。然而园子的瞳孔，反而摇醒了沉眠于我内心的某样东西。

妹妹们临去学校前，过来跟我打招呼。

“再见啦。”

最小的妹妹要求与我握手。一握住我的手，她就飞快地挠了挠我的掌心，随后逃出门外。树荫下露出稀薄的阳光，她在光影中高高扬起镶着金色搭扣的红色便当盒。

园子的祖母和母亲也来送我，车站的离别变得单纯而日常。我们互开玩笑，若无其事地交谈。不久，火车到站，我坐到靠窗的座位，内心一个劲儿地祈求火车赶快开动。

接着，一个清脆明亮的声音从意想不到的方向传来，呼唤我的名字。那正是园子的声音。那本是我已听惯的声音，此时却像遥远而新奇的呼唤，震撼我的耳膜。那确实是园子的声音，这种意识像清晨的阳光射入我的心间。我看向声音传来的方向。她穿过车站工作人员的出入口，抓着月台边缘烧焦的木栅栏。方格花纹的短上衣露出纷繁的蕾丝花边，随风拂动。她睁大眼睛，炯炯的目光追随着我。火车启动。园子那略显厚重的嘴唇欲言又止，就这样，从我的视野消失了。

园子！园子！火车每摇晃一下，这个名字就在我心头浮现一次。仿佛是某种难以言表的神秘称呼。园子！园子！每呼唤一遍，我的心就被摧毁一次。声声呼唤中，尖锐的疲劳如同惩罚一般逐渐加深。这种透明痛苦的性质，即便我想向自己解释，也找不到类似的例子。这种痛苦，过度偏离了人类正常感情的轨道。我甚至很难将其感知为痛苦。就好比一个人在明媚的正午等待午炮[①]鸣响，可时辰已过，炮声依旧没有响起，他试图在晴空的某处寻找沉默的午炮。那是一种可怕的疑惑。知道午炮没有在正午准时鸣响的，世上只有他一人。

一切都完了，一切都完了。我喃喃自语。我的叹息类似于胆小的考生得知自己考试不及格后发出的叹息。完了！完了！就因为留下那个X，所以做错了，如果先解决那个X，就不会是现在这个结果。我应该和其他人一样，用演绎法[②]解答人生的数学。这种半吊子的小聪明最不可取。我独自一人依赖归纳法[③]，所以才失败了。

因我的烦乱过于明显，坐在对面的乘客疑惑地打量我的神色。那是一名红十字会的护士，穿着藏青色制服。还有一位贫穷的农妇，看样子是她的母亲。我感受到她们的视线，朝护士看去。那个如酸浆果一般红润丰满的姑娘为了掩饰羞涩，开始向母亲撒娇。

“妈，我肚子饿了。”

“不是还早呢嘛。”

---

① 在日本，明治时代至昭和初期报告午时的信号炮。

② 由一般到特殊的推理方法。

③ 与演绎法相反，指从个别到一般的推理方法。

“但是我好饿呀。快点嘛，快点嘛。”

“真不懂事！”

母亲最终败下阵来，拿出便当。那饭食比我们工厂的伙食还要寒酸。护士大口大口吃着加了两片腌萝卜的红薯饭。人吃饭这个习惯，从未显得如此无意义。我揉了揉眼睛。不久后我明白了，自己之所以有这样的看法，是因为彻底丧失了活下去的欲望。

那晚，回到郊外的家后，我生平第一次认真考虑了自杀。想着想着，又觉得无聊透顶，反而感到滑稽。我先天缺乏败北的兴趣。况且，我周围堆积着大量的死，就像秋天丰收的果实——因战乱而死、殉职、因伤病而死、战死、被车子碾死、病死……每一种都预约了我的名字。死刑犯是不会自杀的。再怎么说，这也不是适合自杀的季节。我在等待什么东西将我杀死。然而，这与等待什么东西赋予我新生是相同的。

返回工厂后两日，园子饱含热情的信寄到了。那是货真价实的爱。我感到嫉妒。是人工养殖的珍珠对天然珍珠那种难以抑制的嫉妒。然而，世上会有男人因女人对自己的爱而嫉妒那个女人的吗？

园子和我分别后，就骑着自行车上班。因神情恍惚，被同事关心身体有无大碍。处理文件时也出错了好几次。她回家吃完午饭，下午上班时，又顺道去了趟高尔夫球场，把单车停在那儿。她看到黄色的野菊花丛依旧是被人践踏的模样；云雾渐渐消散，火山的肌理露出带有明亮光泽的赭石色；山峡间升腾起晦暗的雾气；那对像温柔姐妹的白桦树，因某种些微的预感，轻轻抖动着树叶。

就在我坐在火车上，绞尽脑汁思考怎样从我亲手种下的园子对我的爱中逃离的同一时刻！……然而，我却动辄委身于一个可怜的借口，以求让自己安心，而那或许是最接近真相的借口："正因为我爱她，才不得不逃离她"。

那之后，我又给园子写了几封不咸不淡的信。不到一个月，草野的部队又允许第二次会面。他已调动到东京近郊的部队。草野一家寄来书信，说要再去探望他。懦弱使我又加入其中。不可思议的是，我明明那么想逃离园子，却又忍不住想见她。见面后，看到丝毫未变的她，我却发现，自己已彻底改变。我无法再与她谈笑风生。然而她、她的哥哥、祖母，甚至母亲，只从这种变化中看出我的稳重踏实。草野一如往常，温柔地注视我，说出的话却让我不寒而栗。

"过几天，我会给你发一封重要通牒。好好期待吧。"

一周后，我趁休假去母亲那儿住，收到了那封信。那稚拙的字迹很有草野的风格，表达着真挚的友情。

……园子的事，我们全家都是认真的。她们任命我为全权大使。我要说的话很简单，就是想问问你的心意。

大家都很信任你，园子自不必说。母亲甚至开始考虑什么时候举办婚礼。婚礼的事暂且不提，我认为，现在就算定下婚约也不算太快。

不过，这些都是我们自说自话。重要的是，你的想法。至于两家人的接触，就是那之后的事了。但我这么说，绝不是想绑架你的意志。问清你的真实心意，我们才好安心。即便你不同意，我也绝不会怨你、怪你，也绝不会影响我们的友情。如果你同意，自然皆大欢喜。即使不同意，也不需要心存愧疚。希望你抱着轻松的心情，坦率地回答。请不要顾及情面，也不要犹豫不决。等你的回复。你亲密的朋友。

……我大惊失色。环顾四周，害怕读这封信的样子被人看见。

本以为不可能发生的事，居然发生了。我没有料到，在对待战争的感知方式、思考方式上，我和那一家人竟是天差地别。我才二十一岁，还是学生，去过飞机工厂做工，且在接连不断的战火中长大，我把战争的力量想象得太过传奇。纵使在如此惨烈的战事下，人们日常生活的磁针依旧是对准一个方向的。一直以来，我都只想着恋爱，怎么就没考虑到这一点呢？奇怪的浅笑爬上我的嘴角，我又把信读了一遍。

读着读着，一种寻常的优越感撩拨着我的心。我是个胜利者。我在客观意义上很幸福，谁也不会苛责这种幸福。既然如此，我应当也有蔑视幸福的权利。

不安与坐立不安的悲哀占据我的心灵，而我却将傲慢讽刺的微笑贴在嘴角。这不过是一条小水沟，跳过去就好。将这几个月的事当作一场闹剧就好。从一开始，你就没有爱过园子那种黄毛丫头。你只是被不值一提的欲望驱使（撒谎！），欺骗了她。只要这样想就好。这绝不是什么拒绝，接吻而已，哪里就需要负责了。

“我才不爱园子呢！”

这个结论令我兴奋得忘乎所以。

太了不起了。我成了诱惑女人的男人。不曾付出半分真心，等到对方燃起爱火，就立马将她抛弃，再不多看一眼。这样一个我，离循规蹈矩的道德家、模范生是多么遥远。……然而，我不可能不知道。世上不会存在还没达到目的就把女人抛弃的色魔。……我闭上眼睛，佯装不知。就像一个顽固的中年妇女，遇到不想听的事，就习惯性地把耳朵堵住。

剩下的工作，就是想方设法破坏这桩婚事。如同破坏情敌的婚事。

我打开窗户，呼唤母亲。

夏日的烈阳洒在宽阔的菜园上。西红柿和紫茄干燥的绿叶朝着太阳的方向叛逆地仰起头颅。太阳为它们强劲的叶脉涂上一层浓稠黏腻的光线。植物充沛晦暗的生命力，被满园明晃晃的阳光压制。远处有一片镇护神社的树林，朝菜园露出阴暗的面容。树林对面有一块看不见的洼地，时而有郊外电车通过，溢出柔和的震动声。每当电车车顶的导线杆急躁地扫过，就能看见慵懒摇晃的电线上闪过亮光。厚重的夏云前，电线无指望地晃荡着。似有意义，又似毫无意义。

菜园正中央，立起一只系着蓝色蝴蝶结的硕大草帽。那是母亲。舅父——母亲的哥哥——的草帽，没有回头，像朵颓丧的向日葵一动不动。

来这里生活后，母亲有点晒黑了。远远看过去，洁白的牙齿尤其醒目。她走近几步，用小孩子一样尖厉的声音呼喊道：

“干什么？有事过来说。”

“这事很重要。稍微过来一下嘛。”

母亲有些不情愿，慢吞吞地走了过来。手里的篮子装满熟透的西红柿。她把那篮西红柿放在窗台上，问我什么事。

我没把信给她看，只是简要复述了内容。说着说着，我也搞不清楚自己把母亲叫来是为什么了。我难道不是为了说服自己，才自顾自说个不停吗？我说父亲神经质又啰唆，住在一起的话，肯定会让我的妻子受苦。话虽如此，我现在也没有自立门户的打算。我家旧式的家风和园子明朗开放的家庭氛围合不来。站在我个人的角度，也不想早早娶妻，让我的妻子吃苦。……种种寻常的不利条件，我面色沉静地一一陈述，希望得到母亲强烈的反对。然而，我母亲却是个从容不迫、心胸宽广的人。

“总觉得，这事儿很怪啊。”母亲插话道，看样子并未经过什么深思熟虑，“你到底是怎么想的？喜欢人家吗？还是讨厌？”

“这个嘛，我……”我吞吞吐吐，“我也不是那么认真，就是抱着玩玩的态度。但对方好像当真了，有点麻烦。”

“那还有什么问题？赶快跟人家说清楚，这样对你们两个都有好处。反正只是一封探口风的信，不是吗？只要跟人家说清楚就行了。……没事了吧？我走了哦。”

“嗯。”

我轻叹一声。母亲走到被玉米秆遮挡的柴门前，又一路小跑回到我窗前。神色和刚才略有不同。

“那个，刚才的事。”母亲用一种看陌生人的，也就是女人盯着不认识的男人时的那种眼神看我，“……就是园子的事。你，该不会……该不会……”

“胡说什么呢，您真是的。”我开始大笑，感觉自己平生从未笑得如此辛酸，“您以为我会做那种蠢事吗？我就那么不值得信任？”

“知道了，我就是问问。”她的表情重新明朗起来，羞涩地否认道，“所谓母亲，就是为了担心这种事而活着的。没关系，我相信你。”

当晚，我写了一封连自己都觉得不自然的回信，委婉地表达拒绝之意。说事出突然，目前这个阶段我也还没有那个意思。第二天早晨返回工厂时，顺路去邮局寄信。负责快件的女人诧异地盯着我颤抖的手。我看见她用污脏的手粗鲁地拿过信封，事务性地盖上邮戳。看到我的不幸被事务性地处理，我感到安慰。

空袭的攻击目标转移到了中小城市，看上去暂时不存在生命危险了。学生间开始流行投降说。年轻的副教授不断发表暗示性意见，以获取学生们的好感。看见他阐述阴谋论时扬扬自得的模样，我想，我才不会上当受骗呢。另外，对那些现在还相信战争会胜利的狂热信徒，我也是不屑的。战争胜利也好，失败也好，我都不在乎。我只想获得重生。

原因不明的高烧使我回到郊外的家。我盯着高烧中旋转不止的天花板，像诵读经文一般默念园子的名字。等到我终于好转，能够起身时，听到了广岛覆灭的消息。

这是最后的机会。众人议论纷纷，说下一个就轮到东京。我穿着白衬衫和白色短裤在街上溜达。自暴自弃到了极点时，人们反而神色坦然地走在大马路上。时间一分一秒过去，什么都没发生。到处都是清晰的心跳声，仿佛在担心一个膨胀的气球，马上就要破了，马上就要破了。然而，时间一分一秒过去，依旧什么都没发生。那样的日子倘若持续十天以上，必定会把人逼疯。

某天，飞机躲过愚蠢的高射炮射击，潇洒地滑过夏日的天空，撒下传单。那是政府乞降的新闻。傍晚，父亲下班后径直来到我们郊外的临时居所。

"喂，那个传单是真的。"

他走进院子，在檐廊坐下后立刻说道。接着，向我出示了一份从可靠途径得来的英文原文复印件。

我接过复印件，来不及通读就了解了一个事实。那并非战败的事实。而是对我而言，仅仅是对我而言，可怕的日子即将开始这一事实。事实就是，那个光听名字就让我浑身颤抖，并且我一直欺骗自己绝不会到来的人世的"日常生活"，不管我愿不愿意，都即将降临在我头上。从明天开始。

第四章

令人意外的是，我恐惧的日常生活迟迟没有开始的迹象。这是一种内乱，人们不愿考虑“明天”的风气，似乎比战时更甚。

借我大学制服的前辈从部队归来，我把制服还给了他。于是，我暂时陷入了一种错觉，仿佛自己已从回忆，乃至过去中解脱出来。

妹妹去世了。得知自己是还能流泪的正常人后，我收获了浅薄的安心。园子与某个男人相亲后订婚。我妹妹去世后不久，她就结婚了。这种感觉，该叫如释重负吗？我冲自己手舞足蹈，自负地想，这并非她抛弃我，而是我抛弃她后理所当然的结果。

我将宿命强加给我的东西，牵强附会为自身意志的理性胜利。这种长年的恶习，已达到妄自尊大的疯狂境地。我命名为理性的东西，总有种不合道德的感觉，就像一个名不正言不顺的僭主，因偶然事件占据王位。这位像驴一般蒙昧的僭主，甚至不能预知愚蠢的专制必然招致复仇的后果。

接下来的一年，我沉浸在暧昧的乐观情绪中。按部就班地学习法律，机械性地上学，机械性地回家……对任何事都不感兴趣，也没人对我感兴趣。我学会了年轻僧侣那种长于世故的微笑。感觉不到自己是活着还是死了。我好像忘记了。那种天然自然的自杀——因战争而死——的希望已经彻底不存在了。

真正的痛苦，只会缓慢地到来。就像肺结核一样，等到自觉症状[①]出现时，病情已发展到十分严重的地步。

某天，我走进不断补充新刊的书店，站在书架前，拿下一本装订粗糙的翻译书籍。那是某位法国作家冗长啰唆的散文集。突然，其中一页的一行句子灼痛了我的双眼。但在不快的不安怂恿下，我把书合上，塞回了书架。

第二天早晨，我又突然下定决心。上学时，顺道去了学校正门附近的那间书店，买下了那本书。民法课一开始，我悄悄拿出那本书，放在摊开的笔记本旁，寻找昨天那行句子。它带给我的不安，比昨天还要鲜明。

“……女人具有的力量，只取决于能将自己的恋人惩罚到何种不幸的地步。”

---

① 患者本人对病痛感觉到的异常状态。

有一个在大学交到的好友，是老字号点心铺的少东家。他乍看之下是个无趣勤勉的好学生，但那种对人和人生发出的嘲讽式的喟叹，和与我极其相似的羸弱体格，都令我深有共鸣。与我出于自我防御和虚张声势采取犬儒[①]式的态度不同，他的这种态度，包含更加安全而自信的根基。他的自信从何而来？我感到不解。不久后，他看穿我还是处男。于是凭借一种压迫性的自嘲和优越感，他对我坦白了自己出入花街柳巷的事实，向我发出了邀约。

"你要是想去了就给我打电话，随时奉陪。"

"嗯。等我想去时。……我想……就快了，就快下定决心了。"我答道。

他害羞地抽了抽鼻子，好像完全看穿了我的心理状态。他现在的表情，仿佛因想起与我状态相同的自己而害羞，那种害羞的心情又通过我反弹回来一般。我感到焦躁。这焦躁也不陌生，是拼命想让我实际的状态符合他眼中我的状态的那种焦躁。

所谓洁癖，是一种欲望委派的任性。我原本的欲望，是连这种直截了当的任性都不允许的隐秘的欲望。然而，我幻想的欲望——对女人单纯而抽象的好奇心——或许被赋予了一种

① 古希腊哲学流派，崇尚无为自然的生活理想，因而蔑视社会既成习惯和文化生活。

连任性的余地都没有的冷淡的自由。好奇心是没有道德的。或许，它是人类所能具备的最不道德的欲望。

我开始了令人痛心的秘密练习。一动不动地凝视裸体女人的照片，以测试自己的欲望。——显而易见，我的欲望半点也没有回应。我尝试训练自己在进行那种恶习时，从一开始心头不会浮现任何幻影，到浮现出女人最淫荡的姿势。有时似乎能成功。然而，那种成功潜藏令人心碎的扫兴。

我决定孤注一掷。于是给他打电话，让他周日下午五点在某间咖啡厅等我。那是战争结束后第二个元月的月中。

“终于下定决心了吗？”他在电话里大笑不止。“好！那就去吧。我一定会去的，你要是变卦，我可不答应！”

笑声残留在耳边。我明白，为了与之对抗，我只能露出谁也察觉不到的、僵硬的微笑。尽管如此，我还残存一缕希望，不，应该说迷信。那是危险的迷信。只有虚荣心才让人甘愿冒险。对我而言，那是不想到了二十三岁还被人当作处男的寻常的虚荣心。

仔细想想，下定决心的那天，恰好是我的生日。

我们用互相试探的表情盯着对方。他知道今天无论是一脸严肃，还是放声大笑，都显得一样滑稽，因而只是暧昧地吐着烟圈，对这家咖啡厅糟糕的点心发表了两三句可有可无的意见。我听得心不在焉，说道：

“你也知道吧。第一次把人带去那种地方，以后不是一辈子的朋友，就是一辈子的仇敌。”

“你可别吓唬我。你也看见了，我这人胆小。一辈子的仇敌？我可做不来。”

“你挺有自知之明的嘛。”

我故意表现得态度强硬。

“对了。”他露出会场司仪般的表情，“得去哪儿喝一杯才行。清醒地做，对第一次的人来说，太难了。”

“不，我不想喝酒。”我感到脸颊发冷，“去之前绝对不喝，这点胆量我还是有的。”

接着，我们坐上阴暗的都电、阴暗的私铁，走过陌生的车站、陌生的街道，来到堆满简陋屋棚的城市一角。紫色、红色的灯照在女人们脸上，使后者看上去像纸糊的小道具。霜雪融化后潮湿的小路上，嫖客们沉默地来来往往。他们轻手轻脚，仿佛赤脚走路。我没有丝毫欲望，只有不安催促着我，仿佛闹着要点心的孩子。

“哪儿都行，我说哪儿都行。”

女人们嚷着“喂喂，进来坐坐嘛”，那造作而窒闷的呼喊让我想逃跑。

“这家的姑娘不怎么样，行吗？那种长相？那边那家比较靠谱。”

“长相什么的无所谓。”

“既然如此，我要挑个更美的。你可别后悔。”

我们一走近，两个女人就像被鬼神附体了一般站起。那是栋矮小的屋子，站起来时，头顶几乎抵住天花板。一个操东北腔的高个子女人笑着将我拐进三叠[1]大的小房间，她一笑就露出金牙和牙龈。

义务观念驱使我抱紧这个女人。我抱住她的肩膀，正要接吻时，她那厚实的肩膀突然摇晃起来，进而大笑。

“不行啊。会蹭到口红的，要像这样。”

娼妇张开涂了一圈口红的大嘴，嘴里的金牙闪闪发光。她伸出像木棍一样结实的舌头。我也学着样子，伸出舌头。舌尖与舌尖相触。……旁人大概不会明白，无感觉其实近似强烈的疼痛。我感到全身因剧烈的疼痛而发麻，并且，那是种完全无法感知的疼痛。我把头靠在枕头上。

十分钟后，我确定了自己不可能。羞耻令我的膝盖发抖。

我假设友人并未察觉，之后几日，都沉浸在那种治愈的、自甘堕落的感情中。就像一个人担忧自己得了不治之症，病名

① 日本房屋面积单位，一叠约1.6平方米。

确诊后，反而感到短暂的安心。他知道安心只是暂时的，心里却还在期待那种更加绝望的、穷途末路的、正因如此才永恒的安心。或许我也在期待更加绝望的打击，换言之，更加绝望的安心。

之后的一个月，我与那位朋友在学校见了好几次。双方都没有触碰那个话题。一个月后，他带着一个和我要好的好色同学来看我。那人是个爱自我炫耀的家伙，时常吹嘘只要十五分钟就能让女人乖乖听话。话题终究还是落到了该落的地方。

“我已经受不了了，自己也控制不了自己。”那位好色的同学一动不动地盯着我的脸，说道，“要是我的朋友里谁有那种障碍，我可要羡慕死了。岂止羡慕，简直是尊敬！”

之前那位朋友见我变了脸色，连忙打岔。

“你说好要借我马赛尔·普鲁斯特[①]的书，怎么样？有意思吗？”

“嗯，有意思。普鲁斯特是索多玛[②]的男人，和男仆发生了关系。”

“啊？索多玛的男人是什么？”

我知道，自己是在佯装不知。想借由这个小小的提问，拼命抓住某样线索，以反证我的失态并未被察觉。

---

① 法国小说家，意识流文学的先驱与大师，代表作《追忆逝水年华》。

② 《圣经》中记载的淫乱之城，是一个沉溺男色，不忌讳同性性行为的城市。

“索多玛的男人就是索多玛的男人。这你都不知道？就是好男色的意思呀。”

“我第一次听说普鲁斯特是。”我感到自己的声音在颤抖。如果表现出愤怒，就等同于给了对方确证。对于在这种羞耻状况下还能保持平静的自己，我感到没来由地害怕。之前那位朋友一定察觉到了什么。也许是心理作用，我总觉得他在刻意回避我的脸。

夜晚十一点，这对可恨的访客离去后，我把自己关在房间，一夜没睡。我小声啜泣着，到最后，熟悉的血腥幻想再次造访，抚慰了我。我放任自己沉溺于那些最熟悉、最亲密、惨无人道的幻影中。

我需要安慰，因而开始频繁出席老朋友家的聚会，虽然明知这种聚会结束后，只能留下空洞的对话和无趣的余味。出席聚会的都是体面人物，与我的大学同学不同，这反而令我轻松。那里有喜好装腔作势的名媛小姐、女高音歌唱家、女钢琴新秀、新婚的年轻夫人。我们一起跳舞，喝少量的酒，玩无聊的游戏和多少带点色情的捉迷藏。有时闹到天亮。

黎明时分，我们时常跳着跳着就睡着了。为了消除困意，大伙儿会玩一个游戏。在地板上撒下几个坐垫，唱片声一停下，围成圈跳舞的男女立刻四散开来，一男一女抢占一个坐垫，没座位的那个人就要表演隐藏才艺。跳舞的男男女女你推我搡，争抢地板上的坐垫，场面混乱不堪。玩了几次后，女人们也开始不顾形象。最美的那位小姐与人推搡，摔了个屁股蹲儿。跌倒时，短裙卷到了大腿之上。或许是有些醉了，她并没有在意，只是一个劲儿地笑。大腿肉白得发亮。

如果是以前的我，或许会遵照片刻不敢忘的演技，仿照其他青年那种对自己的欲望背身而去的习惯，立刻把视线从那个地方移开。然而，那天以后，我不再是以前的我了。我没有丝毫羞耻——亦即丝毫不对自己生来没有羞耻而感到羞耻——一动不动地盯着那洁白的大腿，就像盯着某种物质。突然，一种收敛后的痛苦从那凝视中向我袭来。那痛苦告诉我：你不是人；你的身体不能交合；你是某种非人的、奇妙而可悲的生物。

恰好，官吏录用考试迫在眉睫，我得以尽可能投身于枯燥无味的学习，自然而然远离那些折磨身心的事。然而，这也是初期才有效。随着那一夜的无力感爬满生活的各个角落，连着好几日，我都心情忧郁，无法专心做任何事。我越来越觉得必须为自己做点什么，以证明自己是可能的。不那样做，我就无法活下去。然而，哪里也找不到那种与生俱来的背德方法。我异常的欲望，即便用最稳妥的形式，也无法在这个国家得到满足的机会。

春天来了，我平静的外表下积蓄着疯狂的焦躁。这个季节本身似乎对我抱有敌意，就像含带沙尘的烈风所展示的一样。每当汽车与我擦身而过，我总会在心中高声怒骂：为什么不撞死我算了？！

我乐此不疲地把高压的学习和高压的生活方式强加在自己身上。学习之余，我走在大街上，感到路人怀疑的目光多次落在我充血的眼睛上。旁人看来，或许我过上了世俗意义上谨慎认真的生活。只有我自己知道，那种被自甘堕落、放浪形骸、过了今日不知明日的生活和酸馊的怠惰腐蚀的疲惫。然而，在春天即将结束的某个午后，在都电上，一种令人停止呼吸的清冽悸动，却突然袭击了我。

我透过站立的乘客之间的缝隙，看到对面座位上园子的身影。稚气的眉毛下，她的眼睛率真而恭谨，包含着深沉的、难以言喻的温柔。我差一点就想站起身来。此时，一个站着的乘客松开吊环，朝车门挪动。女人的脸完全暴露出来。她不是园子。

我的胸口依旧躁动不安。我可以轻而易举地将这悸动解释为震惊或愧疚，但那一瞬间纯洁的感动，却无法用这种解释推翻。我突然想起三月九日的清晨，我在月台上看到园子时的感动。这次和那次是一模一样的，并没有什么不同。就连那种被击溃的悲哀，也是相似的。

这些细微的回忆如此难以忘怀，在接下来的数日依旧给予我鲜活的不安。这不可能，我不可能还爱着园子。我应该是无法爱上女人的。这种反省，反过来成了跃跃欲试的反抗。然而直到昨天，这种反省还是唯一对我忠实顺从的仆人。

就这样，回忆突然在我体内夺回权力。这场政变明显采取了痛苦的形式。两年前我已收纳整理好的“细微”回忆，就像一个长大后再度现身的私生子，在我眼前成长为庞然大物，再次苏醒。这感觉并非我时常假设的“甜蜜”，也不是后来我为了便于整理采用的事务性态度，而是一种清楚明了的痛苦，贯穿回忆的每个角落。假如它是悔恨，那么无数先人早为我发掘了一条忍耐之路。但它甚至不是悔恨，而是某种异常明晰的痛苦。好比被人强迫着，从窗口俯视夏日那种将街区分隔开的猛烈阳光。

某个梅雨季阴沉的午后，我在平日并不熟悉的麻布町办完事，顺道散了散步。听到背后有人喊我的名字，是园子。我回头看见她时，并没有在电车上将其他女人错认成她时那样惊讶。这偶然的相会极其自然，我好像早已预知了全部。好像早在许久以前，我就知悉了这一瞬间。

她穿着一条连衣裙，上面印着壁纸一样时髦的碎花，胸口缀满蕾丝花边，除此之外并无其他装饰。实在看不出已为人妇。她手上提着铁桶，看样子刚从配给所回来。身后果然跟着个提铁桶的老妇。她让女仆先回家，和我边走边说话。

“你瘦了一点。”

“啊，都是为了准备考试。”

“是吗？请一定注意身体呀。”

我们沉默了一会儿。战火焚烧后残留的宅邸街异常清冷。淡淡的余晖洒在街上。一间宅邸的后厨，走出一只浑身湿透的家鸭。它一边冲我们叫唤，一边沿着沟渠笨拙地走向远方。我感到很幸福。

“你现在读什么书？”我问道。

“小说吗？《食蓼之虫》[1]，还有……”

“没读A吗？”

我提到现在正流行的小说《A……》的名字。

“那个有裸女的？”她说。

“嗯？”我愕然反问。

“讨厌啦……我说的是封面上的画。”

两年前，她绝不是能当面使用“裸女”这种词汇的人。从这些片言只语中，我痛苦地察觉，园子已不再纯洁。走到拐角处，她停下脚步。

“从这儿拐过去，走到头就到我家了。”

---

① 谷崎润一郎（1886—1965）的长篇小说，讲述一对貌合神离的夫妇决意离婚的过程。

离别很痛苦，我低着头，把视线移到铁桶上。铁桶里盛满了魔芋粉，沐浴着日光，宛如被海水浴场的阳光晒黑的女人肌肤。

“晒太久太阳，魔芋会坏掉的。”

“谁说不是，我可是责任重大呢。”她高声说道，声音带着鼻音。

“再见啦。”

“嗯，您保重。”她转身离开。

我叫住她，问她还回不回娘家。她若无其事地答这周六就回去。

分别后，我察觉到了迄今为止没有察觉到的重要事实。今天的她似乎已原谅了我。为什么要原谅我呢？世上还有什么比她的宽容更侮辱人的吗？然而，如果再一次明明白白地经受她的侮辱，我的痛苦也许能不药而愈。

我焦急地盼望周六到来。恰好草野也从京都的大学回了家。

周六下午，我来探望草野。两人正说着话，我开始怀疑自己的耳朵。我听到了钢琴的声音。那音色不再稚嫩，而是带着丰饶而奔逸的余韵，充沛而耀眼。

“谁啊？”

“是园子。她今天回来了。”

一无所知的草野这样答道。我用痛苦一个一个召回了全部记忆。自那以后，草野从未提过那封委婉的拒绝信。他的善意让我感到沉重。我渴望得到园子那时痛苦的证据，哪怕一星半点也好，以求与我的不幸形成某种呼应。然而，“时间”再次像杂草一般在我与草野、园子间肆意生长，那些不带有任何倔强、任何虚荣、任何客套的情感表白，都是被禁止的。

琴声停止，草野体贴地说要带园子过来。不久后，她同哥哥一起走进房间。园子的丈夫在外务省工作，我们三人聊起在外务省的熟人，随意谈笑。后来，草野被母亲叫走。我和园子又像两年前的某天那样，单独待在一起了。

她像个孩子一样向我炫耀：草野家因她丈夫的斡旋免受军队接管。她还是少女时，我就喜欢听她炫耀。过分谦虚的女人和傲慢的女人一样缺乏魅力。园子那种大方沉稳、有分寸感的炫耀，却散发着天真无邪、令人愉悦的女人味。

“那个。”她再度开口，语气很平静，“有件事我一直想问，一直想问，但始终没问出口。为什么，我们不能结婚？从哥哥那里收到回信后，我就看不懂这个世界了。每天苦思冥想，依旧想不明白。直到现在，我也不明白，我，为什么不能和你结婚？……”她好像生气了，微微潮红的脸颊转向我，又立刻转了回去，并用朗读课文一样的语气问道，“……你讨厌我吗？”

这单刀直入的询问，乍听上去有股事务性盘查的味道。我的心，却涌起一种强烈的、令人痛心的喜悦。然而，这不像话的喜悦立刻转变为痛苦。那实在是微妙的痛苦。除了原有的痛苦，还有自尊心被伤害的痛苦——重提两年前那些“琐碎”旧事，竟会让我的心如此疼痛。我想在她面前坦然自在，但是，依旧没有那样的资格。

“你还是一点也不懂这个世界。这种不谙世事正是你的优点。但是呀，人世间就是这么回事，两情相悦的男女也不是随时能结婚的，就像我给你哥哥的信里写的那样。还有……”我感到自己会说出一些懦弱的话，想住口，却没能住口。“……还有，我从没在那封信里写明不能结婚。我只是觉得，自己才二十一岁，又是学生，不用操之过急。就在我犹犹豫豫的时候，你却早早嫁人。”

“对于这个，我也没有后悔的权利。我丈夫很爱我，我也爱他。我真的很幸福。我对生活已别无所求。但是，或许我不该这么想，有时……该怎么说呢，有时我会想象另一个我，过着另一种生活。如此一来，我越发不懂了。我感觉自己会说出一些不能说的话，想一些不该想的事，害怕得不得了。每当那时，丈夫都非常可靠。他总是把我当孩子一样宠爱。”

“或许有点自恋。但是，我直说了吧。那种时候，你是恨我的。非常恨。”

园子甚至连什么是“恨”都不明白。她一本正经地闹着别扭，柔声说道：“你爱怎么想就怎么想吧。”

“我们可以再单独见一次吗？”我像被什么催促一样哀求道，“绝不是什么问心有愧的事。只要见到你，我就满足了。我已经没资格再说什么了。不说话也可以，只待三十分钟就好。”

“见了又能怎么样呢？见了一次，就会有第二次。我婆婆是个爱啰唆的人，她会把我的去向、外出时间仔仔细细查问一遍。要我像做贼一样地去见你，倘若……”她一时语塞，“……人心这东西，谁也说不准会怎么变。”

“那是自然，谁也说不准。但是，你还是老样子，一直那么拘谨。为什么就不能把事情想得豁达些，简单些呢？”我撒了个弥天大谎。

“……对男人来说可能没什么，结了婚的女人却不能这样。你要是有了妻子，一定也会明白的。我可不觉得深思熟虑有什么不好。”

“你说教的样子，真像个大姐姐。”

草野走了进来，中断了我们的谈话。

在与园子对话时，我心中依旧盘踞着无数疑问。我发誓，想见园子的心意是真诚的。但显然，其中不存在丝毫肉欲。想见她的欲求，究竟是何种类型的欲求呢？这种明显不存在肉欲的热情，难道不是自欺吗？好吧，即便那是真正的热情，也不过是在扬扬自得中拨亮的微弱火焰，轻而易举就能熄灭。说到底，世上真的存在完全与肉欲无关的爱情吗？这难道不是显而易见的悖理吗？

但仔细想想，假如人的热情具备凌驾于所有悖理之上的力量，又怎能断言，热情不具备凌驾于其自身悖理之上的力量呢？

* * *

自那决定性的一夜后，我总是在生活中巧妙地避开女人。那一夜后，我非但无法亲吻真正挑起我肉欲的 Ephebe 的嘴唇，连女人的嘴唇都无法触碰了。即使碰到那种不接吻反而失礼的场合。——夏天到了，它比春天带给我的孤独更甚。盛夏朝我肉欲的奔马抽了一鞭子。它对我百般折磨，似要焚尽我的肉身。为了保命，我有时会在一天中犯下五次恶习。

赫希菲尔德将性倒错现象完全解释为单纯的生物学现象。他的学说令我开蒙。那决定性的一夜是自然而然的归结，丝毫不必感到羞耻。我在想象中对 Ephebe 的嗜欲，从未转移到 Pedicatio[①] 上。它以某种形式固定了下来。研究者也已证实，两者几乎具备相同的普遍性。在德国人中，我这样的冲动并不

① 拉丁语，意为“男色、同性恋”。

罕见。普拉滕[①]的日记就是最明显的例子。温克尔曼[②]也是如此。在文艺复兴时期的意大利，米开朗琪罗[③]显然也是我的同道中人。

然而，这样的科学性理解并没有整理好我的内心生活。对我而言，性倒错之所以很难变成现实，是因为它只停留于肉体冲动，那种徒然喊叫、徒然喘息的阴暗冲动。即便我热爱的Ephebe，也只能挑起我的肉欲。说得浅显一点，我的灵魂依旧属于园子。虽然我并不会轻易相信“灵肉对立”这种中世纪风格的图式，但为了便于解释，姑且这样说明。在我身上，这两者的分裂是单纯直接的。园子是我的“正常”之爱、灵魂之爱、永恒之爱的化身。

但仅仅是这样，依旧无法解决问题。感情不喜好固定秩序。它就像上层大气中的微粒子，喜欢自由自在地翱翔、浮动，以及颤抖。

……一年过去，我们即将醒悟。我通过了官吏录用考试，大学毕业后，在某官厅做事务官。这一年间，我们有过那么几次见面的机会。有时状似偶然，有时找些并不重要的借口，每

---

① 普拉滕（1796—1835），德国诗人，主要作品有《抒情诗篇》《威尼斯十四行诗》。
② 温克尔曼（1717—1768），德国美学家、美术史家，主要作品有《古代美术史》。
③ 米开朗琪罗（1475—1564），意大利文艺复兴时期伟大的雕塑家、绘画家、建筑师和诗人。

隔两三个月，在白天见一两个小时。若无其事地见面，若无其事地分别。仅此而已。我坦荡行事，园子也只聊过去的回忆，对双方如今的环境客套地揶揄几句，绝不触碰其他话题。这种程度的交际，别说偷情了，连交往都谈不上。见面时，我们想的也只是如何清清爽爽地告别。

对此，我感到心满意足。不仅如此，这种具有神秘丰富性的、随时可能中断的交往，简直令我心存感激。我没有一天不在想念园子，每次见面都能享受平静的幸福。相逢时微妙的紧张与纯洁的匀整遍布生活每个角落，给生活带来极其脆弱却又极其透明的秩序。

然而，一年过去，我们醒悟了。我们不是待在儿童房的孩子，而是住在成人屋的大人。在那里，只能打开一半的门是必须尽快修缮的。我们之间的关系，就像每次只能打开一定缝隙的门，迟早需要修理。岂止如此，大人不像孩子，不会满足于单调的游戏。我们经历过的数次相逢，重叠在一起，就像一摞严丝合缝的花牌[1]。每一张都是相同的大小、相同的厚度，千篇一律。

我在这种关系里，精明地享受着只有我才懂的不道德的喜悦。那是比世间寻常的不道德更加微妙的不道德，如同精妙的

① 又叫伊吕波纸牌，是一种游戏用的纸牌。

毒药般清洁的恶德。我的本质，我的第一要义变成不道德后，那些道德的行为、问心无愧的男女交际、光明正大的约会流程、被视作道德高尚之人的现实，反而开始用它们隐藏的背德之味，那种真正邪恶的味道，巴结我，讨好我。

我们朝对方伸出手，互相支撑着某样东西。那是一种类似气体的物质，信则有，不信则无。这种支撑作业乍看之下极其朴素，实则是精密计算的结果。它使我在这个空间里找到了人工性的“正常”。是我邀请园子参与了这场时时刻刻都在支撑虚构之“爱”的危险作业。看上去，她是在不知不觉中助力了这个阴谋。因毫不知情，她的助力反而十分有效。然而有时，园子也会隐约感觉到难以名状的危险。这种危险与世间寻常而粗糙的危险截然不同，它具备精确的密度和难以摆脱的力量。

夏末的一天，园子从高原避暑地返回，与我在一家叫“金鸡”的西餐馆碰面。一见面，我就说起了从官厅辞职的经过。

“将来你有什么打算？”

“顺其自然吧。”

“真不敢相信。”

她并没有询问更多。我们之间一直保持着这种聊天方式。园子的肌肤在高原阳光的曝晒下，失去了胸口那种炫目的白皙。戒指上硕大的珍珠，也因酷暑而无精打采。她尖细的嗓音原本就有种哀婉而慵懒的调子，听上去，与这个季节很是匹配。

我们俩又进行了一段无意义的、恰如原地兜圈的、三心二意的对话。或许因为炎热，这对话时常给人一种徒劳无功的空虚感。就像在听别人对话似的。那种心情，就像即将清醒时，不愿从美梦中离开，试图再次入睡的焦灼努力，反而使梦境的重现变得不可能。我发现，那种明明白白闯入体内的对清醒的不安、即将清醒时梦境虚无的快乐，就像某种恶性的病菌，腐蚀着我们的心。疾病像商量好了一样，几乎同时进入我们内心。这反而使我们显得外向活泼。我们说说笑笑，像被对方的话追赶着一样。

园子绾着优雅的高发髻，被阳光晒黑的肌肤虽扰乱了几分娴静，但那稚嫩的眉毛、温柔湿润的眼睛和略显厚重的嘴唇，依旧沉静如水。餐厅的女客从餐桌经过时，总会留意到她。侍者们捧着银盘走来走去，银盘上放着一只巨大的白天鹅冰雕，天鹅背部盛满冰激凌。她伸出戴着闪亮戒指的手指，轻轻打开塑料提包的金属扣。

“无聊了吗？”

“你怎么说这种话，真讨厌。”

她的声音听上去有一种奇异的倦怠，也可以说具有“光泽感”。她把视线移向窗外夏日的街道，缓缓说道：

“有时我想不明白。我们这样见面，究竟是为了什么？但想着想着，还是来见你了。”

“至少不是无意义的减法。虽然肯定是无意义的加法……”

“我是有丈夫的人，即便是无意义的加法，也没有我做加法的余地。”

“你的数学太死板了。”

我察觉园子终于来到疑惑的门口。她开始觉得，不能把那扇只开一半的门放任不管。或许，现在这种谨小慎微的敏感，占据了我与园子大部分的共感。万事顺其自然的年纪，还离我太远。

我那种难以名状的不安，不知不觉间传染给了园子。并且，那不安的气息或许是我们之间唯一的共有物。我感觉，证明这一事态的证据即将摆在我眼前。园子又说话了，我本不想听，但嘴巴却轻佻地应答起来。

“你想过，这样下去会怎么样吗？我们不会被逼到进退两难的境地吗？”

“我一直很尊重你，对任何人都问心无愧。两个朋友见见面，怎么就不行了？”

“现在是和你说的一样，我也觉得你是个正派人。但是，将来的事谁也不知道。我明明没做什么亏心事，却时常做噩梦。每当那时，我都觉得，是神在惩罚我未来犯的罪。”

“未来”这个词真实的余韵，令我颤抖。

“我们再这么下去，会让双方都痛苦的。到那时，一切不就太迟了吗？我们做的事，难道不是在玩火吗？”

“你觉得‘玩火’是指什么？”

“那可太多了。”

“我们这样能叫‘玩火’吗？充其量叫戏水。”

她没有笑。有时她会在谈话间隙紧紧抿住嘴唇，几乎把嘴唇抿得变形。

“最近，我开始觉得自己是个可怕的女人，一个精神上肮脏不堪的恶女。我不能想除了丈夫之外的其他男人，哪怕是做梦也不可以。我决定，这个秋天就去受洗[①]。”

我从园子这半是自我陶醉的、不耐烦的告白中，反而察觉出了一种无意识的欲求：她遵循女人特有的悖论，无意识地想说一些不该说的话。对此，我既没有权利感到高兴，也没有资格感到悲哀。我对她的丈夫没有半分妒忌，这样一个我，究竟该怎样驱使这种权利或是资格？又该怎样否定它们，抑或肯定它们？我沉默不语。在盛夏时节，看见自己苍白纤弱的双手，我感到绝望。

“现在怎么样？”

“现在？”

---

① 指接受洗礼，成为基督教徒。

她垂下眼眸。

“你现在想的是谁？”

“……肯定是我丈夫呀。”

“那就没必要受洗了嘛。”

“有必要……我很害怕。我感觉自己摇摆不定。”

“那么现在呢？”

“现在？”

园子抬起过分认真的目光，像是在询问谁。那双美丽的眼眸世间罕有，总是吟唱着泉水般丰沛的情感。它如宿命般深邃，一眨不眨，就那样看着我。一对上这双眼眸，我就说不出话来。我突然伸出手，把吸剩的烟蒂摁进远处的烟灰缸，不承想碰倒了纤细的花瓶。餐桌被水浸湿了。

侍者过来清理水迹。看见泡得发皱的桌布被擦拭的模样，我们感到凄惨。这成了提早离开餐厅的契机。夏日的街道熙熙攘攘，令人烦躁。健康的恋人们裸露着胳膊，挺胸抬头地从我们身旁走过。我感受到了来自所有事物的侮辱。侮辱就像夏日灼热的阳光一般炙烤着我。

再过三十分钟，就到我们分别的时刻。很难说这是因为离别的痛苦，但一种被误认作热情的神经性阴暗焦躁，令我产生了想用油画颜料那样的浓厚油彩把这三十分钟涂满的冲动。我在舞厅前停下脚步，扩音器肆无忌惮地把走调的伦巴曲传送至整条街道。我突然想起了以前读过的某句诗：

……然而虽然如此

那却是永不散场的舞

剩下的诗我已不记得了。似乎是安德烈·萨尔蒙[1]的诗句。园子点了点头，为了跳这三十分钟的舞，随我进了平时并不常进的舞厅。

舞厅里挤满了熟客。这些人总是擅自把午休时间延长两三个小时，在舞厅跳个没完。闷热的空气扑面而来。仅有的一个简陋的换气扇，蒙着厚厚的布帘，以避免阳光照射。室内窒闷的热气，搅动着灯光下雾一般浑浊的尘埃。舞厅的客人散发着阵阵汗臭味、廉价香水和廉价发蜡的气味，旁若无人地跳着舞。不用说也知道，这些到底是什么人。我后悔把园子带进来了。

然而眼下，我却无法原路折返。我们意兴索然地挤进跳舞的人群。零星遍布的电风扇也无法送来像样的凉风。舞厅的舞女和一个穿夏威夷衫的青年跳着舞，两人紧贴着满是汗水的额头。舞女的鼻翼黑黢黢的，脸上的白粉被汗水浸湿，一颗颗浮起，仿佛小疙瘩。礼服裙裹住的后背浸透了汗水，比刚才餐厅

① 安德烈·萨尔蒙（1881—1969），法国诗人，美术批评家。同阿波利奈尔、毕加索一起展开立体派运动。著有诗集《人性时代》等。

的桌布还要肮脏。似跳非跳间，汗水流遍了胸膛。园子好像呼吸困难，急促地喘息着。

我们想透透气，于是穿过一道拱门，门上缠绕着与季节不符的假花。来到中庭后，寻了一条简陋的长椅坐下。这里虽能呼吸户外空气，但水泥地板却蒸腾着热气，连背阴处的长椅都不能幸免。可口可乐甜腻的味道黏在口腔。我感到，所有事物的侮辱带给我的疼痛甚至让园子都沉默不语。我无法忍受时间在这样的沉默中流逝，开始把目光移向四周。

一个胖姑娘用手绢扇着胸脯，慵懒地靠在墙上。摇摆舞[①]乐队演奏着欢快激烈的快步舞曲。中庭的盆栽冷杉歪歪斜斜，根部的土壤早已干涸开裂。遮阳棚下的长椅坐满了人，向阳处的长椅却无人敢坐。

只有一群人占据了向阳处的椅子，旁若无人地谈笑。那是两个姑娘和两个后生。一个姑娘抽着烟，动作生疏。她装模作样地把烟卷放到嘴边，每吸一口就发出几声闷咳。姑娘们都露着胳膊，穿着式样古怪的连衣裙，像是用浴衣改造的。那渔夫女儿般赤红的胳膊，遍布蚊虫叮咬的痕迹。她们一听见后生粗鄙的笑话，就做作地面面相觑，进而大笑起来。似乎也不怎么在乎洒在头顶的夏日骄阳。一个后生穿着夏威夷衫，容貌苍白

① 20世纪20年代至40年代随着爵士乐的摇摆风格发展起来的舞蹈类型。

阴险，胳膊却健壮有力。卑琐的笑意在他嘴角时隐时现。他用指尖戳着女人的胸脯，逗得她们咯咯发笑。

余下一个人吸引了我的视线。他看上去二十二三岁的年纪，举止粗鲁，微黑的脸上却长着一副周正的五官。他裸露着上半身，正重新把那条被汗水濡湿的鼠灰色棉布腹带缠在腰上。他故意慢吞吞地缠着腹带，不时加入同伴的谈话，陪他们玩笑几句。裸露的胸膛上隆起丰满紧实的肌肉。胸肌间立体深邃的沟壑，从胸膛中央延伸至腹部。小腹上一连串绳结般的粗大肌肉，从左右两边向中间收窄，盘根错节。那具含有温热质量的光滑胴体，被污浊泛白的腹带紧紧收束着，缠绕着。半裸的肩膀晒得黝黑，像涂了油脂似的闪闪发亮。腋窝下伸出一丛杂乱的黑毛，在阳光的照射下卷曲收缩，闪着金色的光芒。

看见这些，尤其看见他结实的胳膊上那朵牡丹刺青时，一股情欲向我袭来。热烈的注视，锁定在这副粗鲁野蛮，却又无与伦比的美丽肉体上。他在太阳下大笑。脑袋向后仰时，可以看见隆起的粗大喉结。奇异的悸动从我心底扫过。我的眼睛，再也无法从他身上移开。

我忘记了园子的存在，满脑子只想着一件事——他在盛夏时节走上街，以这副半裸的姿态与他的流氓朋友决斗。锋利的匕首穿过那条腹带，刺入他的胴体。那条肮脏的腹带被鲜血浸湿，染上美丽的色彩。他那鲜血淋漓的尸首被放在门板上，又被抬回此处……

“只剩五分钟了。”

园子尖厉哀切的声音穿过我的耳膜。我愕然地朝她看去。在这个瞬间，我的体内有某样东西被残酷的力量生生撕成两半，如同落雷把树木活生生劈成两半。我听到自己费尽心血搭造的建筑物轰然坍塌的声音，感受到我这一存在被一种可怕的“不在”替换的刹那。我闭上双眼，倏忽间，紧紧地抱住冷冻结冰的义务观念。

“只剩五分钟了呀。带你来这种地方是我不对。你没生气吧？像你这样的人，真不该看见那种低贱的人、那种低贱的模样。听说这家舞厅招惹了一群社会上的人，无论拒绝多少次，那帮家伙还是会跑来白跳舞。”

然而，盯着他们看的只有我，园子根本没看。她受过良好教育，不该看的东西绝不会看。她只是无意识地盯着那排看跳舞的人汗津津的后背。

尽管如此，现场的氛围似乎不知不觉，让园子的内心发生了某种化学变化。终于，她恭谨的嘴角露出了微笑的征兆，像是想说什么前，先用微笑加以试探。

“这个问题，可能有点奇怪。你已经，那个了吧？那种事，你自然也是懂了的吧？”

我已筋疲力尽，心里却残留着发条一样的东西。它使我迅速说出一个貌似得体的回答：

“嗯……确实懂了。很遗憾。”

“什么时候？”

“去年春天。”

“和哪位小姐？”

这优雅的提问令我愕然。她以为和我发生关系的，必然是自己知道姓名的女人。

“名字不能说。”

“是哪位？”

“别问了。”

或许因为从我的言外之间，听出了过于露骨的哀切之意，她瞬间愣住了，久久没有开口。我竭力掩饰，以求让她不要注意到血色渐渐从我脸上退去。我们期盼着离别时刻的到来。卑俗的布鲁斯蓝调揉搓着时间，扩音器传来伤感的歌声，我们谁也没动。

我与园子几乎同时看了手表。

到时间了。我起身时，又偷看了一眼向阳处的长椅。那群人似乎去跳舞了。空荡荡的椅子暴露在毒辣的阳光下。不知什么饮料洒在桌上，反射出亮闪闪刺眼的光芒。

一九四九年四月二十七日

三岛由纪夫年谱

大正十四年（1925 年）

1 月 14 日，三岛由纪夫出生于东京市四谷区永住町二番地（现新宿区四谷四丁目）。本名平冈公威。祖父平冈定太郎曾任桦太厅长官，父亲平冈梓曾任农林省官吏，母亲名叫倭重文。三岛由纪夫是长子，自幼病弱，受祖母夏子溺爱长大。

昭和六年（1931 年）六岁

4 月，进入皇族学校学习院初等科学习，曾在学校内部刊物发表诗歌、俳句作品。喜爱铃木三重吉、小川未明等作家创作的童话。

昭和十二年（1937 年）十二岁

4 月，从学习院初等科毕业，升入中等科，加入学校文艺部。同年 7 月，在校内文学杂志《学习院辅仁会杂志》第 159 期发表散文作品《春草抄——初等科时代的回忆》。

昭和十三年（1938 年）十三岁

3 月，在《辅仁会杂志》发表人生第一部短篇小说《酸模》。

昭和十四年（1939 年）十四岁

1 月，祖母夏子去世。

昭和十五年（1940 年）十五岁

开始以平冈青城为笔名，向《山梔》投稿诗歌和俳句作品。拜川路柳虹为师，学习诗歌创作。这一时期的诗歌作品后来被整理成《十五岁诗集》。在《学习院辅仁会杂志》166 期发表短篇小说《彩绘玻璃》。

昭和十六年（1941 年）十六岁

三岛由纪夫获选担任《辅仁会杂志》主编，开始撰写中篇小说《鲜花盛开的森林》。在国文老师清水文雄的推荐下，开始在文学同人杂志《文艺文化》连载该小说。这也是他首次使用“三岛由纪夫”这个笔名发表作品。

昭和十七年（1942 年）十七岁

以第二名的成绩毕业于学习院中等科。4 月，升入学习院高等科文科乙类，主修德语。这一时期，他与《文艺文化》杂志的同人来往密切，由此受到日本浪漫派的间接影响。7 月，与友人共同创办文学杂志《赤绘》。11 月，在《文艺文化》上发表短篇小说《水面之月》。

昭和十八年（1943 年）十八岁

3 月，中篇小说《永世不存》在《文艺文化》上开始连载，同年 10 月完结。

昭和十九年（1944 年）十九岁

9 月，以第一名的成绩从学习院高等科毕业，受天皇表彰，被赠予银手表。10 月，进入东京大学法学部学习，主修德国法律。由七丈书院出版发行首部小说集《鲜花盛开的森林》，成为三岛由纪夫的出道作。

昭和二十年（1945年）二十岁

2月，在《文艺世纪》杂志上发表《中世（一）》；接受征兵检查，被判定为第二乙种合格，但入伍体检时罹患感冒，被军医误诊为肺病，后被遣送回乡。8月，三岛在当时勤务的工厂撰写短篇小说《岬角物语》。8月15日，日本宣布战败投降。四天后，三岛的好友莲田善明以陆军中尉的身份在马来半岛自杀。同年10月23日，妹妹美津子因伤寒病逝，年仅十七岁。

昭和二十一年（1946年）二十一岁

1月，开始执笔创作长篇小说《盗贼》。6月，在川端康成的推荐下，三岛在川端所属的镰仓文库杂志《人间》发表短篇小说《烟草》，正式成为文坛一员。11月，在《群像》杂志上发表《岬角物语》。12月，在《人间》杂志上发表《中世（完）》。同年，结识太宰治。

昭和二十二年（1947年）二十二岁

4月，在《群像》上发表短篇小说《轻王子与衣通姬》，在

《人间》上发表短篇小说《夜间准备》。11 月，从东京大学法学部毕业。12 月，通过高等文官考试，进入大藏省银行局任职；在《人间》上发表短篇小说《春子》。

昭和二十三年（1948 年）二十三岁

3 月，在《人间》杂志上发表评论《重症患者的凶器》；9 月，为了专心创作，三岛从大藏省辞职。11 月，在《人间》杂志发表第一部戏剧剧本《火宅》；同月，由真光社出版其第一部长篇小说《盗贼》。12 月，小说集《夜间准备》由镰仓文库出版。

昭和二十四年（1949 年）二十四岁

4 月，完成长篇小说《假面的告白》；7 月，该小说由河出书房正式出版。这是三岛由纪夫以专业作家的身份出版的第一部小说。8 月，作品集《群魔的通过》由河出书房出版。

昭和二十五年（1950 年）二十五岁

1 月，开始在《妇人公论》杂志上连载中篇小说《纯白之夜》，同年 10 月完结。6 月，由新潮社出版长篇小说《爱的渴望》。7月，在《新潮》杂志上开始连载长篇小说《青色时代》，同年12月完结。8月，在《人间》杂志发表戏剧作品《邯郸》。9月，加入小林秀雄、中村光夫等文坛名人组织的“云之会”。该组织以演剧为中心展开活动。

昭和二十六年（1951年）二十六岁

8月29日，电影《纯白之夜》（大庭秀雄导演）上映，三岛由纪夫在片中担任特别出演，这也是他第一次作为演员登上大银幕。10月，在《群像》杂志上开始连载长篇小说《禁色》；11月，《禁色》（第一部）由新潮社出版。12月，发表《夏子的冒险》（朝日新闻社刊）。同年12月25日，三岛获得朝日新闻特别通讯员的记者身份，从横滨港出发，开始了环游世界的旅行，主要游历了南北美、欧洲等国。次年5月10日返回日本。

昭和二十七年（1952年）二十七岁

8月，在《文学界》杂志开始连载长篇小说《秘乐》（《禁色》系列第二部），至次年8月完结，一个月后由新潮社出版。10月，发表中篇小说《盛夏之死》；由朝日新闻社出版纪行文集《阿波罗之杯》。11 月，由河出书房出版新文学全集《三岛由纪夫集》。

昭和二十八年（1953 年）二十八岁

1 月，《夏子的冒险》由松竹大船摄影所电影化。2 月，小说集《盛夏之死》由创元社出版。3 月，长篇小说《日本制》由朝日新闻社出版。7 月，由新潮社出版《三岛由纪夫作品集》（全六卷）。同时，三岛由纪夫开始为长篇小说《潮骚》取材，拜访位于三重县的神岛。

昭和二十九年（1954 年）二十九岁

6 月，长篇小说《潮骚》由新潮社出版，并开始电影化的筹备。8 月，短篇小说《写诗的少年》在《文学界》杂志发表。10 月，《潮骚》由东宝电影公司拍摄完成并上映。小说与电影一经推出大受好评。11 月，三岛由纪夫成为新潮同人杂志奖评审委员。12 月，凭借《潮骚》荣获首届新潮社文学奖。

昭和三十年（1955 年）三十岁

这一时期，三岛由纪夫开始沉迷于身体改造，时常去健身房锻炼。同时，开始撰写长篇小说《金阁寺》。11 月，由讲谈社出版作品集《小说家的假期》。12 月，凭借《白蚁之巢》（同年 9 月发表于《文艺》杂志）获第二届岸田演剧奖。

昭和三十一年（1956 年）三十一岁

1 月开始在《新潮》杂志连载长篇小说《金阁寺》，同年 10 月完结，并由新潮社正式出版。4 月，戏剧集《近代能乐集》（新潮社刊）出版。8 月，英译版《潮骚》（the Sound of Waves）由美国克诺夫出版社出版，这是三岛由纪夫的作品第一次在海外发行，此后，三岛的众多作品被翻译成各国语言在海外出版。11 月，戏剧作品《鹿鸣馆》在文学座创立 20 周年的纪念会上公演。

昭和三十二年（1957 年）三十二岁

1 月，三岛由纪夫凭借《金阁寺》荣获第八届读卖文学奖。11 月，新潮社出版《三岛由纪夫选集》（全十九卷）。美国的日本文学家唐纳德·金将三岛的戏剧集《近代能乐集》翻译成英文（Five Modern No Plays），在美国出版，并邀请三岛到美国参观访问。三岛在密歇根大学发表了名为《日本文坛的现状与西洋文学间的关系》的演说，游历拉丁美洲后返回纽约长住，次年1月返回日本。11月，《三岛由纪夫选集》(全十九卷)由新潮社出版。

昭和三十三年（1958年）三十三岁

3月至10月，一直在进行拳击训练。6月，在川端康成的介绍下，三岛由纪夫与画家杉山宁的长女瑶子结婚。9月，英译版《假面的告白》(Confessions of a Mask)出版。10月，与大冈升平、中村光夫创办季刊《声》杂志，发表长篇小说《镜子之家》第一章、第二章。

昭和三十四年（1959年）三十四岁

1月，开始练习剑道。3月，在《声》杂志发表戏剧作品《熊野》，由中央公论社出版评论集《不道德教育讲座》。5月，英译版《金阁寺》(The Temple of the Golden Pavilion)由新方向出版社出版。6月，长女纪子出生；随笔集《文章读本》由中央公论社出版，长篇小说《镜子之家》由新潮社出版。

昭和三十五年（1960 年）三十五岁

1 月，中篇小说《宴后》在《中央公论》杂志连载，于同年 10 月完结；戏剧作品《热带树》在《声》杂志发表。3 月，出演电影《风野郎》（增村保造导演），并演唱了自己作词的主题曲。7 月，发表戏剧作品《弱法师》。11 月，由新潮社出版《宴后》。12 月《忧国》在《小说中央公论》发表。

昭和三十六年（1961 年）三十六岁

3 月，前任外务大臣有田八郎以《宴后》侵犯个人隐私为由，起诉三岛由纪夫。4 月，三岛的剑道获得初段资格。12 月，戏剧作品《十日菊》在《文学界》杂志发表，三幕剧《黑蜥蜴》（江户川乱步原作）在《妇人画报》杂志发表。

昭和三十七年（1962 年）三十七岁

1 月，开始在《新潮》杂志连载《美丽的星》，同年 11 月完结。2 月，《十日菊》获第十三届读卖文学奖。3 月，由集英社出版新日本文学全集《三岛由纪夫集》，由新潮社出版《三岛由纪夫戏曲全集》。5 月，长子威一郎出生。10 月，由新潮社出版长篇小说《美丽的星》。12 月，主编《文艺读本·川端康成》并由河出书房出版。

昭和三十八年（1963 年）三十八岁

1 月，开始在《东京新闻》上连载《我的青春漫游时代》，同年 5 月完结。3 月，三岛由纪夫与摄影师细江英公合作拍摄的写真集《蔷薇刑》由集英社出版发行。9 月，长篇小说《午后曳航》由讲谈社出版。10 月，在《新潮》杂志发表短篇小说《剑》。11 月，三岛叫停了为文学座创作的戏剧《喜悦之琴》的演出，在《朝日新闻》发表《给文学座诸君的公开信》，宣布退出文学座。12 月，小说集《剑》由讲谈社出版，由筑摩书房出版现代文学大系《三岛由纪夫集》。

昭和三十九年（1964 年）三十九岁。

1 月，在《群像》杂志连载《绢与明察》（同年 10 月完结，并由讲谈社出版），凭借该作品在同年 11 月斩获第六届每日艺术奖。7 月，由集英社出版《三岛由纪夫自选集》。9 月，针对诉讼中的《宴后》，东京地方法院判定原告胜诉，要求三岛由纪夫与新潮社向原告支付赔偿金。被告向东京高级法院提出上诉。（原告去世后，双方达成和解）

昭和四十年（1965年）四十岁

1月，在《展望》杂志上发表《现代文学三方向》。4月，开始制作自编自演的电影《忧国》。7月，在《朝日新闻》上发表《谷崎的文学世界》。9月，开始在《新潮》杂志连载长篇小说《春雪》(《丰饶之海》系列第一部，1967年1月完结)；英译版《午后曳航》(the Sailor who fell from Grace with the Sea)由新方向出版社出版。11月，发表戏剧作品《萨德侯爵夫人》，并在《批评》杂志上连载文学评论《太阳与铁》。

昭和四十一年（1966年）四十一岁

1月，凭借《萨德侯爵夫人》获第二十届艺术祭演剧部奖；同月成为芥川奖评委。2月，与安部公房对谈《二十世纪的文学》在《文艺》杂志上发表。4月，由新潮社出版电影版《忧国》。6月，《英灵之声》在《文艺》杂志上发表，并由河出书房新社出版作品集《英灵之声》。

昭和四十二年（1967年）四十二岁

2月，开始连载长篇小说《奔马》(《丰饶之海》系列第二部，翌年8月完结)。4月，体验性地加入日本自卫队。7月，开始练习空手道。

昭和四十三年（1968 年）四十三岁

8 月，获得剑道五段资格。9 月，成立私人武装“盾会”；开始在《新潮》杂志连载长篇小说《晓寺》(《丰饶之海》系列第三部，1970 年 4 月完结)。10 月，评论集《太阳与铁》由讲谈社出版。

昭和四十四年（1969 年）四十四岁

1 月,《春雪》由新潮社出版。2 月,《奔马》由新潮社出版。5 月,《萨德侯爵夫人》由新潮社出版,《黑蜥蜴》由牧羊社出版。6 月，三岛由纪夫出演电影《人斩》(五社英雄导演)。11 月，在国立剧场屋顶举办“盾会”成立一周年纪念游行。

昭和四十五年（1970 年）四十五岁

7 月，由新潮社出版《晓寺》;开始在《新潮》杂志连载《天人五衰》(《丰饶之海》系列第四部，1971 年 1 月完结)。11 月 25 日，三岛由纪夫向新潮社交付《天人五衰》最终章原稿。26 日零时十五分，在自卫队市之谷驻扎地东部总监室切腹自尽。

图书在版编目（CIP）数据

假面的告白 /（日）三岛由纪夫著；陈修齐译. —北京：现代出版社，2022.6

ISBN 978-7-5143-9641-6

Ⅰ. ①假… Ⅱ. ①三… ②陈… Ⅲ. ①中篇小说—日本—现代 Ⅳ. ①I313.45

中国版本图书馆CIP数据核字（2022）第027797号

假面的告白

作　　者：［日］三岛由纪夫
译　　者：陈修齐
责任编辑：申　晶　朱文婷
出版发行：现代出版社
通讯地址：北京市安定门外安华里504号
邮政编码：100011
电　　话：010-64267325　64245264（兼传真）
网　　址：www.1980xd.com
印　　刷：三河市中晟雅豪印务有限公司

开　　本：880mm×1230mm　1/32
印　　张：6.75
字　　数：122千字
版　　次：2022年6月第1版
印　　次：2022年6月第1次印刷
书　　号：ISBN 978-7-5143-9641-6
定　　价：49.80元